Disney

HIGH SCHOOL MUSICAL 2

Das Buch zum Film

Text von N. B. Grace

Nach dem Film *High School Musical 2*,

Drehbuch von Peter Barsocchini

Nach Charakteren von Peter Barsocchini

Parragon

Bath · New York · Singapore · Hong Kong · Cologne · Delhi · Melbourne

Die deutsche Ausgabe erscheint bei
Parragon Books Ltd
Queen Street House
4 Queen Street
Bath BA1 1HE, UK

Übersetzung aus dem Englischen: Susanne Lück
Redaktion und Satz: lückenlos, Köln
Koordination: trans texas publishing, Köln

ISBN: 978-1-4075-04599
Printed in the UK

Disney
HIGH SCHOOL MUSICAL 2

KAPITEL 1

Auf den Gängen der East High School herrschte eine fast unheimliche Stille. Die Aula lag still und verlassen da. Nicht ein Ton drang aus der leeren Cafeteria. Niemand sprang über die Treppen, niemand rannte durch die Flure. Nur eins war zu hören: Ms Darbus hielt ihre traditionelle Ansprache zu Ferienbeginn.

Natürlich hörte ihr niemand zu. Troy Bolton starrte die große Uhr an der Wand an, deren Zeiger gerade auf 15.58 Uhr sprangen. Er sah sich nach Gabriella Montez um, die ihn anlächelte.

In zwei Minuten waren sie frei!

Ms Darbus schien gar nicht zu bemerken, dass ihr nicht die ungeteilte Aufmerksamkeit der Klasse zuteil wurde. „Lernen kann man immer und überall, lassen Sie also das strahlende Licht des Sommers Ihren jungen Geist beflügeln“, sagte sie.

Sharpay Evans betrachtete stirnrunzelnd die tickende Wanduhr, während ihr Bruder Ryan geistesabwesend aus dem Fenster auf die Wolkengebilde starrte. Chad Danforth gab sich alle Mühe, nicht einzuschlafen, während er stumm die Sekunden bis 16 Uhr zählte. Zeke Baylor schien zwar aufmerksam zu lesen – doch in seinem Mathebuch hatte er das Buch *So gelingt der perfekte Muffin* versteckt und informierte sich über Rührteigqualitäten. Martha Cox wippte ungeduldig mit den Füßen, Taylor McKessie saß brav mit gefalteten Händen da, wartete aber auch nur auf die erlösende Klingel, und Jason Cross ... Jason schrieb tatsächlich auf, was Ms Darbus sagte:

„Ihre Zukunft winkt Ihnen mit einem Zauberspiegel, der jeden goldenen Moment, jede kühne Entscheidung festhält. Nutzen Sie also die kommenden Sommertage sorgsam ...“

Troy lehnte sich zu Chad hinüber und flüsterte: „Ms Darbus ist endgültig übergeschnappt.“

Chad öffnete die Augen und blinzelte Troy an. „Mann“, sagte er, „du hörst ihr echt *zu*?“

Sharpay begann, im Rhythmus der Sekundenzeiger auf den Tisch zu pochen. Dann wurde ihr Pochen schneller, als wollte sie die Zeit antreiben. Sie wandte sich zu ihrem Bruder um. „Ryan, dieses Halbjahr der Enttäuschungen und Erniedrigungen liegt endlich hinter uns. Und das bedeutet, wir haben eine neue Chance ...“

Aber Ryan hörte gar nicht zu. „Liegt es an mir“, fragte er verträumt, „oder sehen die Wolken da aus wie Jessica Simpson?“

Die Schüler wurden immer unruhiger, und es kam ihnen so vor, als würden die tickenden Sekunden lauter und lauter werden und Ms Darbus’ Stimme langsam übertönen ...

„Die Sommer sind wie im Flug vergangen, seit ich in Ihrem Alter war“, fuhr Ms Darbus sehnsüchtig fort. „Doch ich erinnere mich mit vollkommener Klarheit an jeden einzelnen ..."

Jason meldete sich.

„Ja, Jason?", rief Ms Darbus ihn auf.

„Welche Erinnerung an den Sommer ist Ihnen am liebsten, Ms Darbus?", fragte Jason.

Die Klasse stöhnte auf. Was hatte sich Jason nur *dabei* gedacht?

Ms Darbus antwortete gern und ausführlich: „Ach ja, da kommt mir das Ashland Shakespeare Festival von 1988 in den Sinn. Wunderschön! Es war so, dass ..."

Ding-dong! Gerade rechtzeitig ertönte die Klingel – und die ganze Schule brach in Jubel aus.

Die Klassentüren flogen auf, und die Schüler strömten auf die Gänge hinaus. Von jetzt an hieß das Motto: tschüs, Schule – hallo, Sommer!

Troy, Chad, Zeke und Jason gingen zu ihren Spinden, und Troy sagte: „Leute, sobald wir mit dem Basketballcamp durch sind, muss ich unbedingt Geld verdienen. Ich höre von meinen Eltern nichts anderes mehr als, was das College kostet."

„Ja, meine Alten wollen auch alles verrechnen, was ich diesen Sommer verdiene ... Aber erstmal brauch ich ’nen Job!“, gab Zeke zu bedenken.

„Ich auch“, nickte Chad. „Ich spare auf einen eigenen Wagen.“ Er sah zu Taylor hinüber, die am anderen Ende des Ganges stand. „Dann kann ich mein Mädchen endlich standesgemäß ausführen.“ Er führte mit dem Basketball, den er bei sich trug, einen meisterhaften Spin vor. „Leider hab ich sonst nichts Anständiges gelernt“, erklärte er.

Seine Freunde nickten resigniert. Einen Ferienjob zu finden war für sie als Highschool-Schüler nicht einfach. Doch nichts konnte auf Dauer die Freude am letzten Schultag dämpfen.

Bald schon waren alle lachend und lärmend zum Ausgang unterwegs ... natürlich nicht, ohne die üblichen Abschiedsrituale zu vollziehen und im Jahrbuch der Mitschüler zu unterschreiben.

Sharpay stand neben ihrem pinkfarbenen Spind und setzte schwungvoll ihren Namen unter ihr Bild. Dabei ließ sie ein strahlendes Lächeln für den Fotografen sehen, der diesen bedeutenden

Moment für die Nachwelt der Schülerschaft festhielt.

Gabriella beobachtete die Szene, die an der East High wohl als Medienrummel galt. Sharpay sah sie und bemerkte: „Du bist ja während der letzten fünf Jahre jeden Sommer umgezogen. Bedeutet das, dass es für uns heute bedauerlicherweise ...“ Sie lächelte hoffnungsfroh. „... Abschiednehmen heißt?“

Gabriella lächelte zurück, so froh war sie, dass all die Jahre des Umherziehens von Stadt zu Stadt tatsächlich vorüber waren.

„Nein, keine Sorge. Meine Mom hat mir versprochen, dass ich bis zu meinem Abschluss im nächsten Jahr hier bleiben kann“, antwortete sie fröhlich.

Sharpay sah säuerlich drein und murmelte unaufrichtig: „Wie nett von der lieben Mom.“

Gabriella spürte, wie ungelegen die Nachricht kam, und entschied, jetzt sei ein guter Moment gekommen, um es mit einer Aussöhnung zu versuchen.

Oder zumindest keine offene Feindschaft ausbrechen zu lassen.

„Sharpay, wir hatten anfangs so unsere Schwierigkeiten“, begann sie, „aber dann warst du wirklich für mich da. Du hast mir beim Wintermusical geholfen.“

„Tatsächlich?“ Sharpay war überrascht. Wann hatte sie Gabriella denn geholfen? Und wie konnte sie verhindern, dass das wieder passierte?

Gabriella nickte. „Deine Atemübungen ...“ Sie holte tief Luft und ließ dann den Atem langsam entweichen, wie Sharpay es ihr gezeigt hatte.

„Tu ich doch gern für eine Wildcat-Schwester“, sagte Sharpay in einem Tonfall, der deutlich verriet, dass sie es bitter bereute, Gabriella Montez überhaupt irgendetwas geraten zu haben. Mit falscher Fröhlichkeit setzte sie hinzu: „Ich war eigentlich ganz froh, dass ich meiner Stimme eine Pause bis zum Frühjahrsmusical gönnen konnte.“

„In dem du toll warst“, beteuerte Gabriella.

„Ja, das sagen viele“, meinte Sharpay selbstzufrieden. Sie nutzte die Gelegenheit, den alten

Triumph noch einmal richtig auszukosten, und holte eine Ausgabe der Schülerzeitung aus ihrem Spind. Ein riesiges Foto von ihr prangte auf der Titelseite. Die Schlagzeile darüber lautete: „Sharpay im Aufwind".

„Die zweite Vorstellung am dritten Freitag lief nicht ganz perfekt", sagte sie, „aber die Medien sind ja so leicht zu beeindrucken."

Sie warf die Zeitung in ihren Spind zurück, in dem fünfzig weitere Exemplare lagen. Gabriella grinste und ging zu ihrem eigenen Spind. Am anderen Ende des Ganges sprachen die Jungen noch immer über Ferienjobs. Taylor, Martha und Kelsi Nielsen hatten sich zu ihnen gesellt.

„Gabriella und ich waren schon bei fünf Vorstellungsgesprächen, aber immer kriegt eine Collegestudentin den Job", beklagte sich Taylor.

„Bei mir auch", seufzte Martha. „Ich werde wohl wieder als Babysitterin enden. Kelsi, was hast du denn im Sommer vor?"

Kelsi sah zu Martha hoch, die etwas größer war als sie. „Wachsen", antwortete sie knapp und fügte dann hinzu: „Und komponieren.“ Als sie Taylor musterte, die *viel* größer war als sie, schüttelte sie den Kopf und wiederholte: „Wachsen!“

Gabriella hatte ihren Spind fast ausgeräumt, als Troy sich von hinten heranschlich und sie umarmte.

„Dein Sommerferienberater ist da“, verkündete er vergnügt.

Gabriella wandte sich überrascht um, und er grinste sie breit an. „Nach dem Basketballcamp sehen wir uns ein paar Filme an, laden Musik runter, ein bisschen Karaoke, und dann bringe ich dir noch die Sprungwende auf dem Skateboard bei.“

Sie lachte. „Ich war beim Erste-Hilfe-Kurs, dann kann ich mich hinterher selbst verarzten.“

Sharpay hörte die beiden flirten und verdrehte genervt die Augen.

„Solange wir den Sommer über nur zusammen sind“, beteuerte Troy, „ist alles okay.“

Gabriella sah zu ihm auf. „Versprochen?“

Er nickte, holte dann eine Halskette aus der Tasche und reichte sie ihr. „Hier – versprochen.“

Gabriella staunte nicht schlecht, als sie den Anhänger sah: ein silbernes „T". Ein Stückchen weiter standen Taylor und Chad beisammen und bemerkten den Austausch. Chad feixte und tat so, als wollte er Taylor seinen Basketball als Geschenk überreichen, aber sie sah ihn nur strafend an und beobachtete gespannt, was weiter geschah.

Fast sah es so aus, als würde Troy Gabriella tatsächlich küssen – aber dann stürmte ein Grüppchen kreischender Siebtklässlerinnen heran und ließ sich von Troy das Jahrbuch signieren.

Sharpay wandte sich zu Ryan um: „Filme sehen, Musik hören, und wie schön, dass ich Erste Hilfe beherrsche, Troy, jetzt kannst du mir Skateboardfahren beibringen", äffte sie Gabriella nach. Missgestimmt fuhr sie in aller Schärfe fort: „Was die braucht, ist eher ein Wundershampoo für ihr widerspenstiges Haar." Dann entdeckte sie Kelsi, die den Wildcats sehnsüchtig nachsah.

„Kopf hoch, Kelsi", meinte Sharpay. „Ich hab einen Ferienjob für dich. Unser Probenpianist zieht anscheinend um."

„Oder versteckt sich“, murmelte Kelsi leise.

Sharpay sah sie misstrauisch an. „Wie bitte?“

Ryan erkannte, dass sich hier ein ausgewachsener Streit anbahnte und mischte sich ein. „Entspann dich, Sharpay. Wir haben Sommerferien. Du kannst tun, was du willst. Alles wird anders.“

Bei diesen Worten wirbelte Sharpay herum und blickte ihrem Bruder genauso starr in die Augen, wie er es befürchtet hatte.

„Was hab ich denn gesagt?“, fragte er scheu.

„Du hast ganz recht“, antwortete sie. „Nach allem, was ich dieses Halbjahr erdulden musste, hab ich einen fantastischen Sommer verdient.“

Troy, Gabriella und die anderen kamen auf dem Weg zum Ausgang an den dreien vorbei. Sharpay sah ihnen gedankenverloren nach.

„Ryan, wer ist der absolut beliebteste Junge an der East High?“, fragte sie.

Ryans Antwort lag auf der Hand. „Ich würde sagen, Troy Bolton hält diese Kategorie besetzt, du nicht?“

„Und wer ist das beliebteste Mädchen an der East High?“, fragte sie weiter.

Ryan sah vorsichtig zu Gabriella hinüber.

„Beantworte meine Frage!“, befahl Sharpay in scharfem Ton.

„Herrje, lass mich nachdenken“, erwiderte Ryan ironisch. „Du?“

Sharpay nickte mit absoluter Überzeugung. „Troy – Sharpay, Sharpay – Troy“, erklärte sie zufrieden. „Das ist einfach nur logisch.“

„Anscheinend aber nicht für Troy“, widersprach Ryan.

Aber Sharpay hörte gar nicht hin. Sie war ganz auf den schlauen Plan konzentriert, der sich langsam aber sicher in ihren Gedanken formte. „Aber wir haben Sommerferien, Ryan. Alles wird anders.“

Kelsi beobachtete sie aus einiger Entfernung. Was hatte die East-High-Diva denn nur wieder vor? Dann schaute sie zum Ausgang, durch den die Wildcats gerade hinausstürmten ... hinaus in die Freiheit des Sommers!

KAPITEL 2

Zwei Wochen später kamen Troy, Jason, Zeke und Chad aus dem Basketballcamp zurück – was natürlich nicht hieß, dass sie nicht auch weiterhin spielten, so oft sie konnten. Eines Abends nach dem Spiel saßen sie alle in der Küche der Boltons.

Troys Vater, ihr Trainer Mr Bolton, warf jedem eine Wasserflasche zu. „Was ich da eben gesehen habe, sieht schon sehr, sehr gut aus, Jungs“, sagte er. „Das Trainingslager hat sich gelohnt.“

Begeistert ließ Chad ihren Kampfruf ertönen: „Welches Team?“

Und alle antworteten: „Wildcats!“

Da klingelte das Telefon. Troy ging ran, und als er mit dem Telefon aus der Küche ging, meinte Chad mit Kennermiene: „Freundinnenalarm!“

Die anderen lachten, aber der Anrufer war nicht Gabriella. Es war ein Mann, den Troy gar nicht kannte, der aber dennoch eine Menge über ihn zu wissen schien.

„Hier spricht Thomas Fulton vom Lava Springs Countryclub. Ich habe gehört, Sie sind auf der Suche nach einem Ferienjob?“

„He, Troy, kann sich Gabriella überhaupt noch an dich erinnern, oder hat sie schon einen neuen Karaokepartner?“, rief Zeke aus der Küche.

Die Jungen johlten, und Troy bedeutete ihnen ungeduldig mit der Hand, dass sie still sein sollten. „Das klingt toll, Mr Fulton“, sagte er. „Aber wie sind Sie denn auf mich gekommen?“

„Wir haben hier ein sehr erfolgreiches Ferienjobprogramm“, sagte er und legte eine bedeutungsvolle Pause ein, bevor er hinzufügte: „Go Wildcats!“

Na ja, dachte Troy, nicht schlecht. Aber wenn es um ein ganzes Ferienjobprogramm ging, dann sah er noch eine bessere Chance.

„Es ist so“, sagte er, „ich kenn ein tolles Mädchen ... äh, ich meine eine sehr gute Schülerin, sie hat überall nur Einsen. Sie sucht auch einen Job, und es wäre total perfekt, wenn ...“

Er begann, nervös auf und ab zu gehen, während er seinen Plan für sich und Gabriella vortrug.

„Das scheint ja wirklich etwas Ernstes zu sein“, meinte Chad.

„Kann nicht Gabriella sein“, sagte Mr Bolton. „Wenn die anruft, wird er immer rot.“ Dann korrigierte er sich aber gleich wieder und ermahnte die Jungen: „Das hab ich nie gesagt!“

Als Troy schließlich auflegte, sah er sehr zufrieden aus.

„Was ist los, Mann?“, wollte Chad wissen.

„Los?“, gab Troy unschuldig zurück. „Nichts.“

Er schlug Chad den Basketball aus der Hand und dribbelte ihn durch die Küche. Alle jagten mit Geschrei hinter ihm her.

„He, nicht hier im Haus!“, ermahnte sie Mr Bolton. „Troys Mutter kommt jede Minute nach Hause, und dann kriegen wir alle mächtig Ärger.“

Sofort wurde es ruhiger.

„Aber etwas kann ich euch versprechen“, fügte er hinzu. „Wenn ihr in diesem Sommer dranbleibt und zusammen trainiert, steht der Folgemeisterschaft im Herbst nichts mehr im Weg.“

„Verlass dich drauf“, erklärte Troy voller Zuversicht.

Seine Freunde sahen ihn neugierig an. Sie merkten, dass er irgendetwas vorhatte. Aber was?

Troys Vater nutzte die Gelegenheit, sich den Ball zu schnappen, und sofort brach wieder das Chaos los, bis schließlich jemand den Ball abfing und festhielt.

Es war Troys Mutter, die nun alle reihum mit einem typischen Mütterblick strafte. „Können wir all diese Energie vielleicht darauf verwenden, die Einkäufe ins Haus zu tragen?“, fragte sie kühl.

„Ja, Mrs Bolton“, antworteten alle brav im Chor – sogar der Trainer.

Der Countryclub Lava Springs war der Himmel auf Erden – für seine Mitglieder. Das Clubhaus erstrahlte im frischen Anstrich, und auf den Liegestühlen, die unter den Sonnenschirmen um den Swimmingpool herumstanden, rekelten sich sonnengebräunte, glückliche Menschen.

Auf der großen Terrasse genossen die Clubmitglieder beim Essen die warme Mittagssonne, und es war überhaupt ein perfekter Tag ... bis ein Cabrio mit dem Nummernschild „FABULUS" durchs Eingangstor gerollt kam. Es schnurrte die Auffahrt hinauf, und ein Parkwächter stürzte augenblicklich hin, um die Fahrerin in Empfang zu nehmen – keine andere als Sharpay Evans.

„Miss Evans, wie gut Sie wieder aussehen", schmeichelte der Parkwächter.

Ryan tippte sich auf dem Beifahrersitz kurz an den modischen Hut.

„Danke, David", erwiderte Sharpay mit einer gekonnt einstudierten Mischung aus Zurückhaltung und Verbindlichkeit.

„Können Sie wohl ein Plätzchen im Schatten für den Wagen finden?“

Doch da mischte sich eine noch schmeichlerischere Stimme ein. „Und wenn wir den Baum erst persönlich pflanzen müssen, Miss Evans.“

Mr Fulton trat auf sie zu und fuhr anbiedernd fort: „Ich gehe davon aus, dass Sie zufriedenstellende Ferien hatten?“

Sharpay zuckte die Achseln. „New York zum Shoppen und zum Broadway. Acht Shows und elf Paar neue Schuhe in sieben Tagen. Aber es ist schön, wieder zu Hause zu sein.“

Sharpay und Ryan stiegen aus dem Wagen und spazierten mit Mr Fulton zum Clubhaus. Sharpay winkte den Clubgängern und dem Personal huldvoll zu, als sie die Auffahrt hinaufschritt. Eine warme Welle der Zufriedenheit erfüllte sie, als alle ihren Gruß erwiderten. *Jetzt weiß ich, wie sich die englische Königin bei ihrer Rückkehr zum Buckingham Palace fühlt*, dachte sie.

Dann fiel ihr etwas auf. „Wäre es wohl möglich, mehr Farbe in den Garten zu bringen?“, fragte sie.

„Ich denke da an Gelb- und Blautöne."

Mr Fulton nickte beflissen. „Zauberhaft." Er schnippte mit den Fingern und bedeutete einem Gärtner, sich um das Blumenbeet zu kümmern.

Sharpay lächelte. Es war wirklich nett, wieder an einem Ort zu sein, an dem jeder ihrer Vorschläge wie ein Befehl betrachtet wurde, den es unverzüglich auszuführen galt. Wenn es nur überall auf der Welt so zuginge!

In der Eingangshalle wanderte Sharpays Blick direkt zu einem Schaukasten. Das Bild ihres Vaters prangte dort: Clubgründer und Präsident. Daneben das Foto ihrer Mutter: Direktorin des Mitgliederkomitees. Im selben Schaukasten dokumentierten Trophäen die sportlichen Erfolge der Familie Evans. Ihr Blick fiel auf ein großes Plakat, auf dem das nächste gesellschaftliche Ereignis des Clubs angekündigt wurde: „Lava Springs Midsummer Night's Star Dazzle Talentshow! Jetzt reservieren!"

Mr Fulton deutete auf einen Stapel Programme auf einem der Tische. „Diesmal haben wir die

Flyer für die Show mit Prägedruck versehen." Schon begann Sharpay, die Flyer zu signieren. „Ich möchte das Vorsingen auf 30 Sekunden pro Bewerber begrenzen", sagte sie. „Amateure können sehr ..."

„Ermüdend sein?", schlug Mr Fulton eilfertig vor. „Ich verstehe."

„Und sollte ich ..." Sie sah Ryan an und korrigierte sich. „Sollten *wir* so viel Glück haben, den Star-Dazzle-Talentpreis wieder zu gewinnen ..."

„Dann erweitern wir den Trophäenkasten", versicherte ihr Mr Fulton. „Ich habe bereits Skizzen anfertigen lassen."

Sie strahlte ihn an. „Ihr Engagement ist vorbildlich", lobte sie ihn. Bislang lief alles genau nach Plan. Es gab nur noch eine Kleinigkeit ...

„Wegen der Personalsache, über die wir gesprochen haben ...", flüsterte sie Mr Fulton zu.

„Ist erledigt, sehr diskret", beruhigte er sie.

„Fabelhaft", strahlte sie und verschwand in Richtung Umkleidekabine. Die nächste Phase der Operation „perfekter Sommer" konnte beginnen.

Kapitel 3

Ein paar Minuten später tauchte Sharpay in einem modischen Badeanzug und mit riesengroßem Sonnenhut wieder auf. Sie trug einen bunten Sonnenschirm und eine Schultertasche mit Sonnencreme, Handy, Make-up-Set, Flip-Flops und Zeitschriften bei sich.

Drei Mädchen stürzten gleich auf sie zu: Jackie, Lea und Emma. Sie schienen außer sich vor Freude, Sharpay entdeckt zu haben.

Hinter Sharpay sagte jemand: „Ihre übliche Liege, Miss Evans?“ Sie wandte sich um. Ein Poolwart erwartete geduldig ihre Anweisungen.

„Wunderbar, Javier“, antwortete sie. „Emma und Jackie links von mir, Lea rechts. Und wenn Sie ein Prinz sein wollen, dann richten Sie den Neigungswinkel der Liegen in einer Stunde, wenn die Sonne wandert.“

Er lächelte zustimmend. „Und ich werde ein Auge darauf haben, dass die neue Badeaufsicht ganz nach Ihren Bedürfnissen geschult wird“, versicherte er ihr.

Wie eine Königin sich auf ihrem Thron niederlässt, setzte sich Sharpay nun auf ihre Liege. Ihre Hofdamen – ihre *Freundinnen* – umringten sie augenblicklich.

„Was soll dieses Jahr das Motto beim Talentwettbewerb sein, Sharpay?“, erkundigte sich Emma eifrig. Sharpay legte eine dramatische Pause ein und verkündete dann: „Erlösung.“

Die Mädchen sahen sich verwirrt an. Schließlich sprach Lea für sie alle: „Hä?“

Sharpay seufzte. Wie konnte sie diesen Unwissenden erklären, was ihr im letzten Jahr widerfahren war?

Sie antwortete: „Das letzte Jahr war eine große Herausforderung, meine Lieben. In meinen Dramaclub sind Außenseiter eingefallen – Sänger, die aus dem Chemielabor und der Sportumkleide gekrochen kamen."

„Es ist ja vorbei, Sharpay", beruhigte Ryan sie. Er war eben aus der Umkleidekabine getreten und gesellte sich nun zu den Mädchen. „Nicht vergessen, es ist Sommer! Wir haben den Swimmingpool und den ganzen Club für uns."

„Und die Wellnessoase ist runderneuert worden", warf Emma ein.

„Jetzt sind auch Avocadomaske und Algen-Peeling im Angebot", erläuterte Jackie.

„Alles ist einfach perfekt!", seufzte Lea.

„Tatsächlich?" Sharpay wusste, dass nichts jemals vollkommen perfekt war. Stirnrunzelnd hielt sie ihr Glas in die Luft: „Mehr Eis, bitte!"

Wenn vielleicht auch nicht vollkommen perfekt, fabelhaft war das Leben im Lava Springs Countryclub auf jeden Fall! Und wie die Mädchen bemerkten, war es gerade eben noch besser geworden. Ein süßer Junge kam direkt auf sie zu! Sie rückten ihre Sonnenbrillen zurecht. Als sie ihn erkannten, sahen sie sich überrascht an ... alle außer Sharpay. Der Junge war niemand anders als Troy Bolton, der sich mit einem Tablett voller Drinks dem Pool näherte. Sharpay lächelte zufrieden – bis sie Chad, Jason und Zeke entdeckte, die Mr Fulton gerade zum Becken führte. Ihr Lächeln erlosch.

Troy nahm sie nicht einmal zur Kenntnis. Sharpay folgte seinem Blick – zu Gabriella, die in ihrem Badeaufsichtsanzug und mit wehendem Haar unwiderstehlich aussah!

Sharpay blieb der Mund offen stehen – wo sie auch hinsah, es wimmelte von Wildcats. Das war alles ein wenig zu viel! Erschüttert taumelte sie ein paar unsichere Schritte rückwärts und ... *Platsch!*

Sharpay war im Pool gelandet und rang prustend nach Luft – halb in der Hoffnung, dass alles nur ein fürchterlicher Traum gewesen sei.

Ein Arm umschlang sie fest und zog sie sicher zum Beckenrand. Keuchend wandte sich Sharpay nach ihrem Retter um und sah sich Gabriella gegenüber, die beherzt ins Wasser gesprungen war, als sie Sharpay untergehen sah.

„Was machst du denn hier?“, schrie Sharpay.

„Ich bin die neue Badeaufsicht.“

Troy sah erstaunt drein. „Bist du denn Mitglied hier?“, fragte er Sharpay.

Sharpay schnappte nach Luft. Ob sie *Mitglied* war? Hätte der Lava Springs Countryclub eine königliche Familie, wäre sie die Prinzessin! Und zurzeit war sie eine wahrlich entrüstete Prinzessin!

„Ich hatte Sie gebeten, Troy Bolton einzustellen, nicht die gesamte Schülerschaft der East High“, fuhr Sharpay Mr Fulton erbost an. Ryan stand neben ihr und sah angemessen empört aus.

„Troy Bolton hat Miss Montez’ Einstellung zur Bedingung gemacht. Sie hat den Erste-Hilfe-Schein“, verteidigte sich Mr Fulton.

„Das ist mir bekannt“, wütete Sharpay. Sie würde wohl die Schmach nie verwinden, dass ausgerechnet Gabriella sie gerettet hatte.

„Und er war auch sehr überzeugend, was seine Teamkameraden angeht“, fuhr Mr Fulton fort. „Zusammen arbeiten und zusammen gewinnen, etwas in dieser Art ...“

Sharpay verdrehte genervt die Augen: „Bla-bla-bla“, machte sie verächtlich.

„Ihre Anweisung lautete, alles Nötige zu veranlassen, um Troy Bolton für diesen Job zu gewinnen“, erinnerte er sie. „Das war eben das Nötige.“

„Warum haben Sie mich nicht wenigstens vorgewarnt, dass das ganze Rudel herkommen würde?“, jammerte sie.

Mr Fulton setzte eine würdevolle Miene auf: „Ich habe die Angelegenheit selbstverständlich mit dem Lava-Springs-Vorstand abgesprochen.“

„Mit dem Vorstand ...“ Ryan sah von Mr Fulton zu seiner Schwester. Langsam dämmerte ihm, was gemeint war. „Sie meinen, mit unserer ...“

„Mutter!“, kreischte Sharpay.

Mrs Evans war schnell gefunden. Sie harrte im Yogakurs gerade in der Position *Herabhän-*

gender Hund aus. Sharpay und Ryan nahmen dieselbe Position ein.

„Ich dachte, das wäre eine schöne Überraschung für euch, Schätzchen", sagte Mrs Evans. „Als Mr Fulton sagte, Troy Bolton wolle noch andere Wildcats mitbringen, dachte ich, wie schön!"

„Schön?" Sharpay war die Empörung selbst.

Ihre Mutter wechselte in eine andere Position. Sharpay und Ryan taten es ihr nach.

„Denk doch an die Zukunft, Schatz", flötete Mrs Evans. „*Das* sind deine Freunde, und nicht die langweiligen alten Lava-Springs-Leute."

Sharpay riss sich zusammen, um nicht mitten in der Yogastunde herauszubrüllen. „Das sind aber nicht meine Freunde!", erklärte sie mit Nachdruck. „Die machen mir die ganze Show kaputt!"

Ihre Mutter lächelte geistesabwesend (Yoga half ihr sehr dabei, mit Sharpay umzugehen) und meinte: „Denk nur, wie viele neue Talente du für deine Star-Dazzle-Show gewinnen wirst."

Sharpay vergaß alle guten Manieren. „Mutter, *hörst* du überhaupt, was ich sage?", schrie sie.

Dann wandte sie sich frustriert an ihren Bruder: „Ryan, sprich du mit ihr."

Gehorsam verbog sich Ryan zu einer neuen Position und lächelte seiner Mutter zu. „Hi, Mom."

Sie strahlte ihn an. „Hase! Wie geht es meinem großen Jungen?" Sie nickte in Richtung Sharpay. „Sag ihr, wenn sie sich zu sehr aufregt, bekommt sie Sorgenfalten."

Sharpay stürmte genervt hinaus. Wenn ihre Mutter nichts an der Sache ändern wollte, dann würde sie sie eben selbst in die Hand nehmen!

Mr Fulton spazierte gerade gemächlich zur Wellnessoase, als Sharpay ihn wütend beiseitezog.

„Ich will, dass die rausfliegen", verlangte sie.

Mr Fulton seufzte. „Ihre Mutter hat ausdrücklich angeordnet ..."

„Von dieser treulosen Yogatante will ich nichts hören", unterbrach ihn Sharpay scharf. Sie überlegte kurz und schlug dann vor: „Wenn Sie sie nicht feuern können, dann sorgen Sie dafür, dass sie von selbst gehen."

Mr Fulton unterdrückte einen Seufzer. „Wir brauchen aber die Hilfe dringend."

Sharpay erkannte, dass sie diesmal nicht ihren Willen bekam. Aber geschlagen geben würde sie sich noch lange nicht. „Wenn die denken, dass ihr Job hier ein Zuckerschlecken wird", knurrte sie entschlossen, „dann haben sie sich geschnitten."

Die neuen Hilfskräfte im Countryclub standen in der Küche, musterten die kindischen Uniformen und versuchten sich zu erinnern, weshalb sie eigentlich so dringend einen Ferienjob gewollt hatten. Ach ja, richtig ... das liebe Geld.

Einer von ihnen wäre allerdings auch dann noch liebend gern geblieben, wenn er es ganz umsonst hätte tun sollen.

„Chefkoch Michael bringt mir bei, wie man österreichischen Strudelteig macht, und Sharpay ist auch noch in meiner Nähe", schwärmte Zeke. „Besser kann ein Sommer gar nicht werden!"

Chad verdrehte die Augen und meinte sarkastisch: „Ein Traum wird wahr."

Zeke sah ihn ernst an. „Wenn du sie richtig kennenlernen würdest ..."

Chad schüttelte sich. „Nein danke, Kumpel!"

„Ich hatte keine Ahnung, dass Sharpay hier ist", verteidigte sich Troy. „Mr Fulton sagte bloß, im Countryclub hätten die Wildcats Fans, und es gäbe genug Jobs für alle. Also ran an die Arbeit!"

Auf einmal stand Mr Fulton neben ihnen: „Das würde ich auch empfehlen, besonders da Ihr Job ganz schnell wieder vorbei sein wird, wenn Sie ihn weiterhin als Pausenhofaktivität betrachten."

Chad war gekränkt: „Pausenhof? Sir, wir gehen auf die Highschool!"

Mr Fulton schnaubte verächtlich. „Wie man ja an dem kleinen Spielzeug sieht, das Sie überall mit sich herumtragen." Mr Fulton nahm Chad den Ball ab. Dann warf er den Schülern ihre Uniformen zu und teilte sie für verschiedene Aufgaben ein. „Mr Danforth und Mr Bolton: Kellner und bei Bedarf Caddies. Mr Cross: Spüldienst. Miss McKessie, es heißt, Sie seien effizient." Sie strahlte ihn an und bekam ein Klemmbrett.

„Sie kümmern sich um die Aktivitäten der Mitglieder. Informieren Sie mich umfassend und anhaltend. Miss Nielsen: Klavier zur Mittagspause und Cocktailstunde. Stimmungsvolle Melodien bitte, keine neue Musik, klar? Miss Cox: Zutaten hacken und Teller anrichten. Bitte beenden Sie Ihren Aufenthalt hier mit derselben Anzahl an Gliedmaßen, die Sie zurzeit besitzen. Mr Baylor: Sie assistieren Chefkoch Michael ...“

Zeke freute sich: „Das gelobte Land!“

In diesem Moment stürzte Gabriella atemlos zur Tür herein. Mr Fulton sah betont auf die Uhr und warf ihr einen strafenden Blick zu.

„Äh, Mr Fulton, Euer Exzellenz, Sir, können wir auslosen, wer für Sharpay kellnern muss?“, fragte Chad.

„Fürdcrhin wird kcincr von Ihncn mchr *für Sharpay kellnern*“, kam Mr Fultons herablassende Antwort. „Sie werden *Miss Evans bedienen.*“

Jason sah verwirrt drein. „Was?“

Mr Fulton seufzte. Er hatte schon viele Sommer seines Lebens damit verbracht, Highschool-

Schülern Manieren beizubringen, und auf ihn warteten noch so viele weitere. Manchmal machte dieser Gedanke ihn unendlich müde.

„Sie sprechen Clubmitglieder ausschließlich als Mr, Mrs oder Miss an“, erklärte er und fuhr fort: „Wir üben das jetzt mal. Er wandte sich an Jason und tat so, als serviere er ihm das Essen. „Miss Evans, darf ich Ihnen noch etwas Limonade anbieten?“

„Ich bin aber gar nicht Miss Evans“, wandte Jason ein. „Ich bin Jason.“

Taylor flüsterte Gabriella zu. „Das wird ein langer Sommer.“

Mr Fulton sah Chad an. „Mr Danforth, demonstrieren Sie uns bitte das korrekte Protokoll im Umgang mit Clubmitgliedern. Miss ...“

Chad fuhr zähneknirschend fort: „... *Evans*. Mehr Limonade, Euer königliche Blondheit?“

Mr Fulton beschloss, das müsse ausreichen und richtete das Wort an alle: „Sie erscheinen bitte pünktlich. Drei Verstöße irgendeiner Art, und Ihre Anstellung hier ist beendet.“ Er sah Gabriella streng an. „Ihre Pause war vor eineinhalb Minuten zu Ende, Miss Montez. Hoffen wir, dass niemand in Ihrer Abwesenheit ertrunken ist."

Er machte auf dem Absatz kehrt und verließ eilig die Küche.

„Der Mann macht mir Angst", bekannte Martha. Chad nickte zustimmend. „Ich vermisse auf einmal Ms Darbus", gab er zu. „Und wie krank muss man dafür sein?"

Troy merkte, dass die anderen wieder positiv gestimmt werden mussten. Aufmunternd verkündete er: „Leute, draußen gibt es einen Korb, wir bekommen zwei Gratismahlzeiten am Tag und müssen die blöden Uniformen nur im Dienst tragen. Einer für alle, alle für einen. Kommt schon, das wird unser Sommer!"

Die Stimmung besserte sich merklich.

„Welches Team?", rief Chad.

„Wildcats!", antworteten die anderen.

Nur Jason hatte noch immer etwas auf dem Herzen. „Was soll denn ‚fürderhin' bedeuten?", fragte er.

KAPITEL 4

Die Schüler der East High hatten von nun an jede Menge zu tun, und Mr Fulton machte es ihnen nicht leicht. Schnell wie der Blitz mussten sie den Tisch abräumen, sobald ein Gast seine Mahlzeit beendet hatte. Sie mussten die Getränkewagen herumschieben, benutzte Handtücher aufsammeln, Brötchen in Brotkörbe schichten und überall und jederzeit mit einem Lächeln bereitstehen, sobald ihre Hilfe gebraucht wurde.

Mr Fulton beobachtete sie genau und korrigierte jeden einzelnen Fehler, den sie machten.

Wenn Chad sich etwas zu viel Zeit beim Abräumen der Tische nahm, war Mr Fulton sofort zur Stelle, um ihn zur Eile anzutreiben. Und wenn Gabriella ein Handtuch übersah, das jemand unter ein Gebüsch geworfen hatte, ordnete Mr Fulton sofort an, die ganze Umgebung sei nach verloren gegangenen Badelatschen, Handtüchern und Wasserflaschen zu „durchkämmen".

Aber wenn Mr Fulton einmal nicht aufpasste, hatten die Wildcats ihren Spaß.

Nachdem Troy einen Servierwagen voller Gläser in die Küche gebracht hatte, nutzte er etwa den leeren Wagen für eine kleine Spritztour. Oder Chad füllte seine Brotkörbe, indem er die Brötchen kunstvoll rhythmisch durch die Küche schoss.

Bei allem Spaß war die Arbeit doch anstrengend. Eines Abends trottete Gabriella mit einem Arm voller nasser Handtücher in den Personalraum. Müde stopfte sie sie in den Wäschekorb und stempelte ihre Karte in der Stechuhr ab.

Da streckte sich eine Hand mit einer anderen Stechkarte über ihre Schulter.

Sie wandte sich um und sah Troy ins Gesicht.

„Schon mal auf dem Golfplatz gewesen?“, fragte er sie.

„Wir sind hier angestellt, Troy, und keine Clubmitglieder“, ermahnte sie ihn. „Und ich kann gar nicht Golf spielen.“

Troy hob in gespielter Unschuld die Augenbrauen. „Wer hat denn was von Golfspielen gesagt?“

Auf dem Golfplatz sah Gabriella, dass Troy unter den großen, schattigen Bäumen auf dem Rasen ein Picknick vorbereitet hatte.

Nervös sah sie sich um. „Bist du sicher, dass wir hier sein dürfen?“, fragte sie.

„Wenn uns die Kaninchen nicht verraten ...“, antwortete er grinsend.

Gabriella lachte und fühlte sich zum ersten Mal an diesem Tag wirklich entspannt und glücklich.

Doch in diesem Moment holte Sharpay auf dem Dach des Countryclubs Fernglas, Walkie-Talkie und Digitalkamera hervor und betrachtete Troy und Gabriella stirnrunzelnd durchs Fernglas.

„Ich hab keine Ahnung, was an der dran sein soll“, knurrte sie.

„Schwer zu sagen“, erwiderte Ryan neben ihr. „Seit sie letztes Jahr an die East High gekommen ist, hatte sie die Hauptrolle im Wintermusical, hat den akademischen Zehnkampf gewonnen, sich mit sämtlichen Schülern angefreundet, und ihr Freund ist der beliebteste Junge im ganzen Staat.“

Sharpay schüttelte angewidert den Kopf. „Sie trägt völlig aus der Mode gekommene Farben.“

„Und Picknick ist keine Aktivität für den Golfplatz“, fügte Ryan tadelnd hinzu.

Aber Sharpay hörte nicht hin. „Ich bin eine brillante Schülerin – wenn man mal von Mathe, Naturwissenschaften, Sozialkunde und Geschichte absieht. Ich habe fünfmal hintereinander den Star-Dazzle-Talentwettbewerb gewonnen, habe drei „innovativste-Frisur“-Preise der Pfadfinderinnen und bin modemäßig absolute *Spitze!* Ich bin schon drei Jahre an der East High, und sie erst fünf Minuten. Liegt es nicht auf der Hand, dass Troy Bolton *mich* verdient?“

Sie reichte ihm das Fernglas.

„Irgendwie scheint das nicht recht sein Plan zu sein“, bemerkte er.

„Sein Plan wird sich noch gehörig ändern“, zischte Sharpay.

Gabriella war sich indessen nicht bewusst, dass man sie beobachtete. Sie genoss den wunderbaren Sommerabend mit Troy.

„Wie geht's in der Küche?“, fragte sie ihn.

„Das Team, das zusammen spült, gewinnt immer“, antwortete Troy.

Gabriella nickte. „Meine Mom sagt, Ferienjobs machen sich gut auf der Collegebewerbung.“

„Gehört alles zu diesem erschreckenden Plan namens Zukunft“, murmelte Troy düster.

Sie sah ihn forschend an. „Du klingst ganz schön besorgt.“

„Na ja, das College kostet ein Vermögen“, meinte Troy. „Meine Eltern sparen jeden Penny. Anders als die Leute hier.“

„Du bekommst doch garantiert ein Stipendium“, sagte Gabriella.

Er zuckte die Achseln. „Darauf kann ich mich nicht verlassen. Ich bin höchstens so gut wie das, was im nächsten Halbjahr passiert."

„Wir beschließen jetzt einfach, dass die Zukunft nicht vor September beginnt", sagte Gabriella. „Ich war noch nie einen ganzen Sommer lang an einem Ort, Troy, und ganz sicher nicht mit ..." Schüchtern hielt sie inne.

„... einem so talentierten Picknicker wie mir?", sprang Troy galant ein.

Sie lächelte. „Ich möchte mich immer an diesen Sommer erinnern", sagte sie leise.

Er sprang auf, zog sie hoch und begann mit ihr im schummrigen Licht der Abenddämmerung zu tanzen. Gabriella lachte, als er sie dicht an sich zog und herumwirbelte. Und in diesem Moment verscheuchte das Glück der Gegenwart alle dunklen Gedanken an die Zukunft.

Aber das Glück konnte natürlich nicht ewig dauern. Nicht, wenn Sharpay dabei ein Wörtchen mitzureden hatte.

Einer der Hausmeister des Clubs hatte sich gerade bequem zurückgelehnt, als sein Walkie-Talkie zu qieken begann. Seufzend ging er ran.

„Mr Hardy, hier spricht Sharpay Evans", hörte er eine schneidende Stimme. „Mir kam heute die vierte Bahn etwas ... trocken vor. Würden Sie ihr wohl eine kleine Extraportion Wasser gönnen?"

„Sofort, Miss Evans", sagte er bereitwillig, weil es nichts weiter war als das. Er drückte auf ein paar Knöpfe und legte sich wieder zurück.

Troy und Gabriella hatten aufgehört zu tanzen. Nun standen sie ganz nah beieinander und kamen sich immer näher. Fast hätten sie sich geküsst ... als ein Dutzend Hochleistungs-Rasensprenger plötzlich ansprang und die beiden vollkommen durchnässte!

Vor Lachen prustend liefen sie los. Sie hatten offensichtlich so viel Spaß wie kleine Kinder. Sharpay sah ein, dass ihr Plan fehlgeschlagen war.

„Sieht aus, als hätten die Spaß", bemerkte Ryan sehnsüchtig .

Sharpay ließ abwesend das Fernglas sinken. Offenbar war ihr eine neue Idee gekommen.

Sie wählte eine Nummer auf dem Handy.

Gleich darauf klingelte Mr Fultons Telefon. Als er die Anruferin erkannte, zuckte er zwar zusammen, aber er tat, was er tun musste und nahm ab.

„Wir führen hier einen Privatclub und keinen Wildwasserpark", ermahnte er Troy und Gabriella, die triefend vor ihm standen. „Angestellte sollten wissen, wo sie hingehören. Klar?"

Troy und Gabriella nickten schuldbewusst.

Mr Fulton heftete seinen Blick auf Gabriella. „Heute nach der Pause zu spät und nun Eskapaden auf dem Golfplatz. Allzu gut lässt sich Ihr Aufenthalt bei uns ja nicht an, Miss Montez."

Sharpay sah durchs Fernglas zu und sagte zu Ryan: „Pass morgen gut auf sie auf und halt mich auf dem Laufenden."

„Warum lächelst du?", fragte Ryan besorgt.

„Keine Sorge, Ryan", antwortete Sharpay. „Das hier ist schließlich *unser* Territorium."

KAPITEL 5

Am nächsten Morgen betrat Kelsi als Erstes den Speisesaal des Countryclubs und übte ein neues Stück, das sie komponiert hatte.

Als Troy und Gabriella bei der Stechuhr ankamen, hörten sie die Musik und gingen gemeinsam zum Speisesaal hinüber. Ryan betrat den Saal nach ihnen und versteckte sich hinter einer Zimmerpalme. Als Kelsi spielte, begann er beunruhigt auszusehen. Der Song war ausgezeichnet.

„Wow, das klingt toll!", lobte Gabriella Kelsi. Kelsi hörte auf der Stelle auf zu spielen und deckte verlegen die Noten ab. „Ich muss mich eigentlich auf den Lunch der Bridge-Damen vorbereiten." Sie sah ihre Freunde verschwörerisch an und fuhr aufgeregt fort: „Wir werden aber bei der Talentshow des Clubs mächtig Spaß haben. Die Angestellten bekommen auch eine Nummer, und ich hab schon Ideen für uns alle. Ihr zwei macht die Leadsänger, und Chad und die anderen übernehmen den Backupgesang, vielleicht können sie auch ein bisschen tanzen ..."

Hinter seiner Palme flüsterte Ryan aufgeregt in sein Walkie-Talkie: „Hatboy an Goldenthroat. Sieht nach Ärger aus."

Sharpay und ihre Mutter saßen mit Avocadomasken auf dem Gesicht in der Wellnessoase. Als Sharpay Ryan über das Walkie-Talkie berichten hörte, hob sie die Brauen. Das war ja interessant.

Troy versuchte unterdessen im Speisesaal, Kelsis Begeisterung zu dämpfen. „Talentshow? Also warte mal", unterbrach er sie. „Dazu sag ich nein, danke. Meine Gesangskarriere hat beim East-High-Wintermusical ihren Anfang und gleich auch ihr Ende erlebt. Ich bin nur hier, um Geld zu verdienen und mich nach der Arbeit heimlich im Pool zu entspannen.“

Kelsi sah sehr enttäuscht drein. „Oh!“

Sharpay wird erleichtert sein, wenn ich ihr davon erzähle, dachte Ryan und schlich hinaus.

Troy sah Gabriella an. Sie war doch bestimmt ganz seiner Meinung? Gabriella fragte Kelsi: „Was hast du denn eben für ein Stück gespielt?“

„Ach ... das war nichts“, tat Kelsi ihre neue Komposition achselzuckend ab. Gabriella deckte die Noten auf dem Klavier wieder auf. Oben auf der Seite stand: „Troys und Gabriellas Song“.

Ertappt beichtete Kelsi: „Ich dachte, wenn ihr beide nächstes Jahr wieder an der Schule auftretet, ... dann wollte ich das Passende parat haben.“

Draußen am Swimmingpool stattete Ryan sofort über Funk seiner Schwester Bericht ab. „Zuerst die gute oder die schlechte Nachricht?“, fragte er.

„Raus damit, Ryan!“, befahl Sharpay unwirsch, während ihr Gurkenscheiben auf die Augen gelegt wurden. Sie nahm einen Schluck von ihrem Obstshake. „Ich habe zu tun!“

„Kelsi arbeitet an einem tollen neuen Song, und den hat sie nicht für uns geschrieben“, flüsterte er. „Die gute Nachricht ist, dass Troy mit der Star-Dazzle-Show nichts zu tun haben will.“

Gabriella sah Troy an und fragte Kelsi: „Können wir den Song, an dem du da arbeitest, wenigstens mal hören? Wo er doch schon für uns geschrieben ist ...“ Kelsi zögerte, also trat Gabriella kurzerhand ans Klavier und klimperte die ersten Takte. Das reichte. Kelsi setzte sich und fing an zu spielen.

Nach den ersten Takten war Kelsi schon so auf ihr Stück konzentriert, dass sie gar nicht merkte, wie noch weitere Wildcats hereinkamen. Als sie fertig war, klatschten ihre Freunde wild Applaus.

„Wow, ich liebe diesen Song“, sagte Gabriella.

„Ich habe die Anmeldung zum Wettbewerb gleich hier“, sagte Taylor. „Die anderen sagen, das macht echt Spaß. Wie sieht's aus?" Alle nickten, wandten sich dann aber ihrem Mannschaftskapitän zu. Was würde Troy sagen?

„Na ja, ich schätze, wir könnten uns was zusammenkrächzen, wenn's sein muss", gab der nach. „Aber nur, wenn auch alle mitmachen."

Allgemeiner Jubel war die Antwort, und Kelsi unterschrieb sofort das Anmeldeformular.

Sharpay nahm noch einen Schluck von ihrem Shake. „Ryan, ich dachte mir, es wäre doch sehr schön, wenn Troy an unserer Show teilnähme."

Ryan war verwirrt. „Aber wenn er mit Gabriella singt, dann wird aus unserer Show doch ..."

„Oh, ich bin ganz und gar nicht sicher, ob Gabriella wirklich diejenige ist, die Troy hier in Lava Springs zu seiner vollen künstlerischen Entfaltung verhelfen kann", bemerkte sie ganz nebenbei. Dann wandte sie sich an ihre Mutter. „Mommy, wann kommt Daddy?"

„Wir treffen uns um zwölf Uhr zum Abschlag", erwiderte ihre Mutter. „Kommt ihr auch?"

„Wunderbar", stimmte Sharpay zu. Sie nahm sich eine Gurkenscheibe vom Gesicht und biss energisch hinein.

Am Vormittag waren die Wildcats schwer in der Küche beschäftigt. Troy und Chad bestückten gerade einen Servierwagen, als auf einmal Mr Fulton mit zwei weißen Uniformen erschien.

Er befahl knapp: „Danforth, Bolton: Heute sind Sie Caddies. 40 Dollar pro Nase. Sie sind speziell angefordert worden."

„Von wem denn?", wollte Troy wissen.

„Ist doch egal", winkte Chad entzückt ab. „Für 40 Mäuse spiel ich den Caddy für Godzilla."

„Genau die richtige Einstellung", bemerkte Mr Fulton wohlwollend.

Auf dem Golfplatz wurden Troy und Chad schon von Sharpay und Ryan erwartet.

„Hi, Jungs", begrüßte Sharpay sie fröhlich. „Troy, ich finde, du solltest langsam mal meine Eltern kennenlernen." Troy war entsetzt. „Eltern kennenlernen" klang zweifellos nach der Aufgabe eines festen Freundes. Trotzdem lächelte er höflich und gab Sharpays Mutter die Hand.

Dann sah er sich um. „Und wo ist dein Dad?“

Wie aufs Stichwort rollte in diesem Moment eine Luxuslimousine auf den Parkplatz. Ein Mann im teuren Golf-Outfit stieg aus und schlenderte zu ihnen hinüber.

„Wo fangen wir an, und wo liegt der Platzrekord?“, rief er schon von weitem. Als die Jungen ihn anstarrten, lachte er. „War nur ein Witz ... Ich hab die Anlage selbst gebaut und bin auch selbst Rekordhalter. Aber wen interessiert das schon?“

Er umarmte Sharpay herzlich und gab Ryan einen kräftigen Schlag auf die Schulter. Dann wandte er sich an Troy und Chad. „Na ... ihr hattet ja eine erfolgreiche Saison.“

„Troy spielt außerdem in der Golfmannschaft mit, Daddy“, warf Sharpay mit Kleinmädchenstimme ein.

Ihr Vater sah beeindruckt aus. „Sehr vielseitig.“ Dann fragte er Chad: „Wie steht’s mit dir?“

„Leichtathletik“, antwortete Chad.

Mrs Evans lachte. „Das kann durchaus von Vorteil sein, so wie ich spiele. Sagt nicht, ich hätte euch nicht gewarnt."

Sharpay strahlte, als sie Troy die Golftasche ihres Vaters aushändigte. Die Begegnung verlief nahezu perfekt. Es war doch immer gut, den Verlauf der Dinge selbst zu inszenieren.

Ihre Mutter hatte den ersten Abschlag, dann war ihr Vater an der Reihe.

Das Spiel hatte begonnen. Sharpay sprang in ihren Golfcart. Natürlich hatte sie ihren persönlichen, rosaroten Cart inklusive DVD-Player, Eisbox und Milchshakemixer.

Bald schon ließ sich Mr Evans vor jedem Schlag von Troy beraten. Am neunten Loch gab ihm Troy Hinweise auf die Beschaffenheit des Bodens und riet ihm deshalb: „Ich würde das Siebenereisen nehmen, Sir."

Mr Evans schwang den Schläger und sah zu, wie der Ball im perfekten Bogen durch die Luft segelte und genau neben der Flagge landete. „Gut gemacht, mein Junge", lobte er Troy.

Sharpay klatschte Beifall. Troy lächelte bescheiden und sah sich dann nach Chad um, der gerade knietief im Dornengestrüpp nach einem Ball suchte, den Ryan dorthin verfrachtet hatte. Eine Dornenranke erwischte Chad beinahe im Gesicht, und er schwor, sich von nun an nie mehr über den Küchendienst zu beklagen.

In dem Moment war Sharpay mit Schlagen an der Reihe. Chad und Troy mussten sich gleichzeitig zu Boden werfen, um nicht am Kopf getroffen zu werden.

„Warum strickst du nicht lieber etwas Schönes, Sharpay?“, schlug Chad vor. „Dann könntest du nur dich selbst dabei verletzen.“

Im Lauf des Spiels stellte Troy erstaunt fest, dass ihm das Ganze Spaß machte. Es war ein sonniger Tag, und er half Mr Evans gern. Wären Sharpay und ihr lächerlicher rosa Cart nicht gewesen, hätte er sich völlig entspannen können.

Als er mit Mr Evans auf dem Weg zum nächsten Loch am Clubhaus vorbeikam, sah er neben dem Pool Gabriella auf ihrem Badeaufsichtsstand und rief: „Heute zusammen Abendessen und dann ein bisschen schwimmen?“

Sie nickte glücklich, aber als Troy sich wieder der Familie Evans anschloss, erlosch ihr Lächeln. Sie sah, wie Sharpay Troy ein kühles Getränk reichte. Selbst aus der Entfernung war klar zu sehen, dass sie mit ihm flirtete – und Troy lächelte.

Er muss ja nett zu ihr sein, sagte sich Gabriella in dem Bemühen, fair zu bleiben. Das gehört zum Job. Dennoch wurde ihr schwer ums Herz, als sie alle so einträchtig auf dem grünen Rasen davonwanderten.

Nach ein paar weiteren Löchern schlug Sharpay vor: „Daddy, warum lässt du Troy nicht einen Schlag versuchen?“

Mr Evans war so beeindruckt von Troys Tipps, dass er ohne Zögern einwilligte.

Troy schickte den Ball sicher über den Rasen, und alle klatschten Beifall. Troy fühlte sich in diesem Augenblick gar nicht mehr wie ein simpler Handlanger. Er war jetzt ein Golfspieler, der mit der Familie Evans auf gleicher Ebene spielte.

Troy gelang ein weiterer schöner Schlag, der beifällig bestaunt wurde.

„Den Schlag hätte Tiger Woods nicht besser hingekriegt!“, rief Mr Evans.

„Ganz genau“, stimmte Sharpay zu und fügte wie nebenbei hinzu: „Ist doch ein Schande, dass ein möglicher Allstar für die Redhawks an der Universität Albuquerque hier kellnern muss.“

Ihr Vater biss an. „Sie haben Troy zum Küchendienst eingeteilt?“, fragte er erstaunt. Er sah Troy bei einem weiteren perfekten Schlag zu und sagte: „Ich habe Troy Basketball spielen sehen. Ich bin ganz sicher, dass die Redhwaks an seiner Zukunft interessiert sind.“

Chad hörte zu und warf Sharpay einen misstrauischen Blick zu. Was hatte sie denn jetzt vor?

„Das ist großartig, Daddy“, schmeichelte sie. „Troy macht sich ja so irre viele Gedanken ums College.“

Ihr Vater lächelte ihr zufrieden zu. Sie lächelte noch zufriedener zurück.

Alles lief nach Plan.

KAPITEL 6

Nach dem Spiel saß Chad in der Küche und kühlte seine schmerzenden Füße in einem Eimer Eiswasser. „Wenn ich die Countryclub-Prinzessin das nächste Mal zu sehen kriege, dann werf ich sie mitsamt ihrem albernen Golfwägelchen direkt in den Swimmingpool“, verkündete er.

Mr Fulton betrat die Küche und sah ihn strafend an. „Mr Danforth, das ist eine Küche und kein Nagelstudio. Sie ziehen sich jetzt zum Servieren im Speisesaal um.“ Für Troy hatte er einen blauen Blazer und eine Krawatte mitgebracht.

„Mr Bolton, Sie haben fünf Minuten zum Umziehen, dann folgen Sie mir."

Troy war überrascht, trottete aber gehorsam hinter Mr Fulton her.

„Was haben denn Krawatte und Blazer zu bedeuten?", fragte Taylor.

„Vielleicht das, was man im Countryclub statt Nachsitzen kriegt?", schlug Jason vor.

Mr Fulton führte Troy in seinen piekfeinen Sachen zum Speisesaal, wo schon Sharpay und ihr Vater mit einigen anderen Clubmitgliedern saßen. Chad und Jason schenkten gerade den Eistee ein, als Mr Evans sagte: „Sprechen wir mal über deine Zukunft, Troy."

Troy sah ihn verwirrt an. „Meine ... Zukunft?"

„Daddy ist im Ehemaligenausschuss der Universität Albuquerque", erklärte Sharpay eifrig.

„Ja, und wir haben eine Menge zu besprechen", bestätigte Mr Evans. „Aber zuerst ...", und hier wandte er sich an Jason und Chad, „... bringt mal das Essen!"

Die Wildcats wollten natürlich herausfinden, was mit Troy passierte. Also spähten sie heimlich von der Küchentür zu Troys Tisch, während Chad und Jason die Servierwagen heranschoben.

„Was machen die da mit ihm?“, fragte Martha mit gedämpfter Stimme.

Zeke zuckte die Achseln: „Wer weiß, aber die Foie Gras im Pancettamantel mit gebratenen Jakobsmuscheln sieht lecker aus.“

„Seht mal, Troy weiß nicht, welche Gabel er nehmen soll“, sagte Kelsi.

Als hätte sie das gehört, steckte Sharpay in diesem Moment Troy ein Melonenstück in den Mund.

„Problem gelöst“, bemerkte Taylor trocken.

Chad und Jason hörten, wie ein anderes Clubmitglied zu Troy sagte: „Ich hab euer Meisterschaftsspiel gesehen. Dieser Wurf in der letzten Spielsekunde, wow!“

Troy erwiderte rasch: „Mein Team hat den Ball für mich ergattert, sonst hätte ich gar nicht ...“

„Ach Troy, du bist viel zu bescheiden", mischte sich Sharpay ein. „Man hat dich für die gesamte Saison zum besten Spieler gewählt." Sie beugte sich zu ihm hinüber und band seine Krawatte neu, wobei sie laut bemerkte: „Dieses Hemd schreit einfach nach einem Windsor-Knoten."

„Einem was?" Troy war fassungslos. Sie rückte seine Sachen zurecht – vor allen Leuten! Noch nie im Leben war ihm etwas so peinlich gewesen!

Gabriella stellte sich zu den anderen an die Tür.

„Was macht sie denn da?", fragte sie.

„Bindet ihm den Schlips", antwortete Kelsi.

„Oder will ihn erwürgen", fügte Taylor grimmig hinzu.

„Worüber reden die?", fragte Gabriella, als Chad mit einem Tablett vorbeikam.

„Darüber, wie Troy ganz allein den Planeten gerettet hat", antwortete er gepresst.

Da tauchte hinter ihnen ein äußerst ungehaltener Mr Fulton auf, und alle gingen rasch zurück auf ihre Posten.

„Wir haben ein erstklassiges Basketballprogramm an der UA“, prahlte Mr Evans gerade. „Und auch großartige Stipendienprogramme.“

Da merkte Troy dann doch auf. „Stipendien?“

„Wir hier am Tisch haben zusammen an der Uni schon eine ganze Menge zu sagen“, fuhr Mr Evans fort. „Und um an die Zukunft zu denken, ist es nie zu früh, mein Junge.“

Troy fiel auf einmal ein, dass er ja mit Gabriella verabredet war. „Oh Mann, ich muss ja zur Stechuhr. Mr Fulton ...“

„Unsinn!”, rief Mr Evans dazwischen. „Wir sind noch nicht einmal beim Nachtisch und haben noch gar nicht über Golf gesprochen.“

„Basketball und Golf sind nur zwei von Troys vielen Stärken, Daddy“, erklärte Sharpay. „Hast du ihn schon einmal singen hören?“

Was? Troy legte augenblicklich Protest ein. „Singen? Nein, nein ...“

Einer der Männer kicherte: „Eine singende Sportskanone? Das muss ich hören.“

„Vielleicht bei unserem Star-Dazzle-Talentwettbewerb“, warf Sharpay ein. „Ach, gib ihnen doch eine Kostprobe, Troy.“ Sie wandte sich um und gab Kelsi ein Zeichen zum Einsatz.

„Ich bin heute etwas heiser“, krächzte Troy so überzeugend er konnte. „Aber vielen Dank für die Einladung zum Essen und zum Golf. Es war ... großartig.“

„Dann singst du aber ein andermal, oder?“, drängte ihn Sharpay. „Versprich es.“

„Versprochen“, gab er nach. So schnell sitzt man in der Falle, dachte er.

„Großartig!“, rief Sharpay. „Dessert?“

Sie winkte Chad und Jason mit dem Dessertwagen heran. Jetzt blieb nur noch eine Frage: Eclair oder Tiramisu?

Als Troy schließlich vom Tisch entlassen wurde, waren seine Freunde bereits fort. Er ging zum Pool hinaus, wo Gabriella noch aufräumte.

„Entschuldige die Verspätung!“, rief er ihr von weitem zu. „Gib mir noch fünf Minuten, ja?“

Sie nickte und rief zurück: „Nette Krawatte, aber die Schuhe passen nicht."

Er verdrehte die Augen und rannte so schnell er konnte zur Stechuhr. Als er seine Karte einstecken wollte, war auch schon Mr Fulton zur Stelle.

„Sie gehen noch nicht, Mr Bolton", befahl er.

„Aber ich habe Feierabend", protestierte Troy.

„Offenbar nicht", entgegnete der Clubmanager trocken. „Sie werden im Ballsaal gebraucht."

Troy dachte an Gabriella, die draußen auf ihn wartete – aber dann sah er Mr Fultons strenge „Denk-nicht-einmal-dran-zu-widersprechen"-Miene und folgte ihm gottergeben zum Ballsaal. Dort hing ein Schild, auf dem stand „Probe läuft – kein Zutritt".

Mit einer Taschenlampe führte Mr Fulton Troy in dem dunklen Raum zu einem Stuhl.

„Was zum ...", begann Troy. Aber Mr Fulton war schon fort.

Plötzlich durchschnitt ein heller Scheinwerfer die Dunkelheit, der – natürlich – auf Sharpay fiel. Sie stand in einem hawaiianischen Prinzessinnengewand mit Ananas auf dem Kopf auf der Bühne und führte mit Ryan, Jackie, Lea und Emma eine Tiki-Tanznummer vor, zu der musikalische Untermalung gehörte, die nach „humuhumu" und „waka-waka" klang.

Mit offenem Mund starrte Troy auf die Bühne. Sharpay sang sich die Seele aus dem Leib, und alles schrillte und gellte auf Troy ein, bis er sich kaum noch rühren konnte. Er hatte das Gefühl, in einer Mega-Musical-Maschine gefangen zu sein.

Am Swimmingpool bekam Gabriella unterdessen einen ausgezeichneten Rat von Taylor: „Zehn Minuten sind eine Verspätung. Eine Stunde kommt eher schon einer Straftat gleich."

„Wir haben ja nur kurz vom Abendessen gesprochen", rechtfertigte Gabriella Troys Abwesenheit. „Ist doch keine große Sache."

„Nur weil Troy zufällig ein netter Kerl ist, heißt das nicht, dass er gegen die Jungskrankeit immun ist", wandte Taylor ein.

Gabriella sah skeptisch aus. „Jungskrankheit?"

„Dinge zu vergessen, an die er sich erinnern sollte“, erklärte Taylor.

Gabriella lachte. „Du bist also die neue Expertin für Jungs?“

„Meine große Schwester hat zehn Regeln über Jungs. Neun davon drehen sich darum, dass sie Dinge vergessen, an die sie sich erinnern sollten. Wie etwa Verabredungen zum Abendessen.“

„Es war ja offiziell gar keine Verabredung“, wiegelte Gabriella ab.

Taylor schüttelte den Kopf. „Regel Nummer drei: Alle Verabredungen sind offiziell, ob der Junge das kapiert hat oder nicht.“ Und nach einer kurzen Pause fügte sie hinzu: „Chad und ich gehen mit Zeke und Jason Pizza essen. Ich glaube, Martha und Kelsi kommen auch mit. Also los, gehen wir.“

Gabriella zögerte noch.

„Ich komme nach“, sagte sie schließlich. „Troy will bestimmt auch mitkommen.“

Taylor seufzte. Sie hoffte, Troys Jungskrankheit würde sich wenigstens nicht verschlimmern.

KAPITEL 7

Als die hawaiianische Tiki-Nummer schließlich ein gnädiges Ende gefunden hatte, applaudierte Troy höflich. Sharpay sprang von der Bühne und strahlte ihn an. „Na? Gefällt es dir?"

Troy zögerte, während die riesige Ananas auf ihrem Kopf seinen Blick gefangen hielt. „Sag mal, singst du auch mal einfach nur so? Ohne Scheinwerfer, Bühnendeko und Backup-Chor?"

Sharpay sah ihn verwundert an. „Dann wäre es viel schwerer, Beifall zu bekommen."

„Ich spreche nicht von Beifall", sagte Troy. „Ich spreche davon, einfach nur mit Freunden zusammen zu sein. Nichts zu tun. Nur zum Spaß zu singen."

Sharpay überlegte. „Warte mal, nichts tun ... das könnte funktionieren." Sie stellte sich in Positur und deklamierte: „Eine dunkle Bühne. Nur ein einziger Scheinwerferkegel. Wir brechen aus der Dunkelheit aus in den Kreis des Lichts ..."

„Wir?", fragte Troy zweifelnd.

Aber Sharpay hatte ihn gar nicht gehört. „Keine Bühnendeko. Nur ich und du. Einfach und dramatisch. Das ist eine tolle Idee, Troy! Das können wir bei der Talentshow machen."

Ryan hörte das und runzelte besorgt die Stirn. *Er* war doch ihr Partner bei der Talentshow.

Troy war jetzt wirklich entsetzt. „Ich arbeite hier", sagte er. „Ich verdiene Geld. Auf der Bühne zu stehen, das ist eher dein Ding als meins."

Sie lächelte ihn verführerisch an. „Es könnte ja ... unser Ding sein", sagte sie.

„Was? Hey, ich habe bereits ein ‚unser Ding', und zwar mit Gabriella, wofür ich übrigens sehr spät dran bin."

„Aber die Show wäre einfach ...“ Ihre Stimme wurde leiser, und sie sah ihn sehnsüchtig an.

Troy musste fliehen, und zwar gleich. Bei dem Versuch, Sharpay abzulenken, stieß er hervor: „Deine Schuhe sind wirklich hübsch.“

Sharpay sah nach unten. „Gefallen sie dir? Ich hab sie in New York gekauft, in neun verschiedenen Farben.“ Als sie wieder aufblickte, war Troy verschwunden.

Gabriella hatte mittlerweile auch das allerletzte nasse Handtuch aufgehoben, als hinter ihr Troy in irrem Tempo heranflitzte und voll bekleidet ins Becken sprang.

„Du bist ja verrückt“, rief Gabriella. Aber sie lachte.

„Und *viel* zu spät“, gab er zu. „Aber ich habe uns Essen besorgt. Und eine Kerze fürs Picknick am Pool. Und Zeke hat uns Nachtisch gemacht.“ Er grinste. „Aber zuerst bist du jetzt mal dran.“

Sie lächelte auch. „Ich muss erst meinen Badeanzug anziehen.“

„Was ist denn aus Miss Spaß im Kindergarten geworden?“, zog Troy sie auf.

Also holte sie tief Luft und stürzte sich ebenfalls mit Kleidern ins Wasser. Beide lachten und begannen, sich gegenseitig nasszuspritzen.

„Weißt du was“, sagte Troy. „jetzt hier mit dir fühlt sich der Sommer endlich richtig an.“

„Ja“, lächelte Gabriella. „Das tut er.“

Die beiden kamen sich ein Stück näher. Das Mondlicht schien so romantisch es konnte – aber gerade als sie sich küssen wollten ...

„Wen haben wir denn hier?“ Mr Fulton stand mit einer Taschenlampe am Beckenrand. „Die Wasserratten sind wieder da.“

Troy und Gabriella kletterten schuldbewusst aus dem Becken. Troy schluckte. „Es war meine Idee, Mr Fulton. Sic wollte gar nicht ...“

Der Clubmanager schüttelte streng den Kopf. „Sie haben einen guten Grund, nach Feierabend noch hier zu sein, Mr Bolton. Miss Montez hingegen hat keinen.“ Er sah Gabriella strafend an. „Ich habe gestern Ihr Zuspätkommen toleriert.

Aber dann die Sache auf dem Golfplatz, und nun das hier. Zwei Tage, zwei Verwarnungen. Eine dritte wird es nicht mehr geben."

Und er ging ins Clubhaus zurück. Hinter der Tür verzog Sharpay den Mund zu einem Lächeln.

Später am selben Abend trainierte Troy noch mit seinem Vater in der Auffahrt. Nach einer Weile sagte er: „Sharpays Vater hat mich heute ein paar Golfbälle schlagen lassen. Und dann hat er mir beim Abendessen zwei Ehemalige der Universität Albuquerque vorgestellt."

Mr Bolton hielt inne. „Welche Ehemaligen?"

Troy nahm die Gelegenheit wahr, an seinem Vater vorbei einen Korb zu werfen. „Mr Sherwood und Mr Langdon. Sie sind Clubmitglieder."

„Mit denen habe ich schon Basketball gespielt", sagte sein Vater erfreut. „Ich ruf sie mal an. Das sind tolle Neuigkeiten."

„Wirklich?"

Mr Bolton nickte. „Einflussreiche Ehemalige zu kennen, kann auf keinen Fall schaden."

„Aber sie haben mit mir über Stipendien gesprochen, und zwar direkt vor Jason und Chad, die mich dabei ... bedient haben", sagte Troy zweifelnd.

„Und dafür bezahlt wurden", erinnerte Mr Bolton Troy. „Das nennt man Job. Dich hat man zum Essen eingeladen, daran ist nichts verkehrt."

Troy zuckte die Achseln. „War aber komisch."

„Vor dir liegt das Abschlussjahr, Troy", fuhr Mr Bolton fort. „Du wirst ja nicht ewig ein Wildcat sein. Das Team ist zwar jetzt wichtig, aber jeder hat seine eigene Zukunft."

„Ich weiß nicht genau, was du meinst", gab Troy etwas verwirrt zurück. Hatte sein Vater nicht immer gesagt, dass ein Anführer immer als Erstes das Team im Sinn haben musste?

Mr Bolton seufzte. „Das Leben geht weiter, Troy, und dann jagen viele Hunde hinter demselben Knochen her. Aber nur einer bekommt ihn. Du hast dir deine Chancen hart erarbeitet. Und ein Stipendium ist etwas Besonderes, das kriegt nicht jeder ..."

Troy nickte. Er war nicht gerade froh drüber, aber er wusste, dass sein Vater recht hatte. „Ich versteh schon, Dad."

„Gut." Mr Bolton beschloss, von diesem trübseligen Thema abzulenken. „Also, wie hat das Essen geschmeckt?"

Troy lächelte ihm zu. „Wahnsinnig gut."

Am nächsten Morgen lief Troy als Erstes zum Swimmingpool. Er wollte sich bei Gabriella entschuldigen. Sie saß auf ihrem Aufsichtsposten, während Taylor Wasser-Aerobic unterrichtete.

„Ich hab immer noch Wasser in den Ohren", scherzte er und fuhr ernster fort: „Ich wollte dich nicht in Schwierigkeiten bringen."

„Ich dich auch nicht", antwortete sie.

Er lächelte froh. „Dann können wir ja heute vielleicht ..."

Doch eine gedämpfte Stimme unterbrach ihn von hinten: „Troy?"

Sein Lächeln verschwand, als er sich umdrehte und im Clubhaus Sharpay entdeckte, die gegen

Die Schüler der East High School freuten sich auf den Sommer. Endlich Ferien!

Mr Fulton, der Manager des Countryclubs, war ein sehr strenger Boss, aber Troy und seine Freunde waren dankbar für den Job.

Sharpay war ganz und gar nicht begeistert davon, dass noch andere Wildcats außer Troy einen Ferienjob im Club hatten. Besonders Gabriella war ihr ein Dorn im Auge.

Troy und Gabriella konnten überall Spaß haben, sogar bei der Arbeit.

Sharpay gab einem Hausmeister des Clubs den Auftrag, die Rasensprenger auf dem Golfplatz anzustellen. Sie wollte Gabriella und Troy das Picknick gründlich vermasseln.

Mr und Mrs Evans waren von Troys Golfspiel sichtlich beeindruckt.

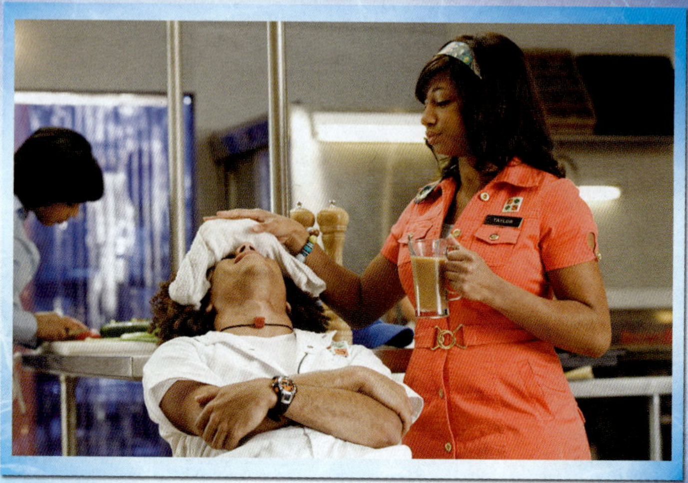

Taylor half Chad beim Entspannen nach seiner anstrengenden Arbeit auf dem Golfplatz.

Mr Fulton bat Troy, einen Anzug und eine Krawatte anzuziehen. Dann sollte Troy mit ihm in den Speisesaal kommen.

Troy musste Sharpay Golfunterricht erteilen. War sie wirklich so schlecht oder tat sie nur so?

Troy kam ganz schön ins Schwitzen, als er mit den Redhawks von der Universität Albuquerque spielte.

Ryan mochte die Wildcats,
sogar wenn sie Softball spielten.

Chad erklärte Troy, dass er sein Team und
seine Freunde im Stich lässt.

Troy und sein Vater führten ein ernstes Gespräch über Troys Zukunft.

Ryan konnte Troy dazu überreden, bei der Star-Dazzle-Talentshow mitzumachen.

Das perfekte Ende eines perfekten Abends!

Die Wildcats feierten zusammen ihren Sommer.

die Fensterscheibe klopfte und einen Zettel hochhielt, auf dem stand: „Mr Fultons Büro".

Er wandte sich wieder Gabriella zu. „Wann hast du Mittagspause?"

„Troy!!", schrie Sharpay ungehalten und deutete mit Nachdruck auf ihren Zettel.

„Um halb zwei", antwortete Gabriella.

„Die Gratis-Cheeseburger gehen auf mich", sagte er. „Bis dann?"

Sie nickte ihm zu, und er ging ins Haus.

Taylor kletterte aus dem Becken und ging zu Gabriella. „Was hat sie nur vor?", fragte sie, als Sharpay energisch mit Troy verschwand.

„Wer weiß das schon?" Gabriella winkte ab.

„Glaub mir", erwiderte Taylor, „sie weiß es."

Als Troy in die Küche kam, sprach Kelsi dort mit den anderen über die Talentshow. Als Troy an ihnen vorbeiging, hörte er sie etwas sagen, das verdächtig nach „humu-humu" klang. Troy blieb stehen. Er drehte sich um und starrte die anderen ungläubig an. Sie blickten unschuldig zurück.

Aber als er weiterging, ging das Gemurmel wieder los, diesmal mit: „waka-waka!“

Troy schüttelte den Kopf und zog seine Kellnerjacke an. Da erschien Mr Fulton.

Troy entschuldigte sich rasch: „Tut mir leid, ich bin ein paar Minuten zu spät, Mr Fulton. Und wegen der Sache am Pool gestern Abend, das war wirklich nicht Gabriellas Schuld ...“

„Sie werden befördert“, unterbrach Mr Fulton.

Troy traute seinen Ohren kaum. „Ehrlich?“

Die anderen Schüler, die das Gespräch gespannt verfolgten, sahen sich überrascht an.

Der Manager rang sich ein winziges Lächeln ab. „Es ist eine Stelle als Assistent für die Golfprofis frei geworden. Ohne Stechuhrpflicht. Sie beginnen sofort.“

„Aber ...“ Troy war völlig sprachlos vor Verblüffung.

„500 Dollar pro Woche“, sagte der Manager.

„Was??? Pro Woche? O Mann, das ist ja völlig abgefahren!“ Troy war ganz atemlos, fing sich dann aber wieder und korrigierte sich: „Ich meine, das klingt sehr ... vernünftig." Mr Fulton führte Troy aus der Küche und erläuterte ihm seine neuen Pflichten auf dem Weg. Sie blieben vor einer Tür stehen, auf der stand: „Umkleide Männer – nur für Mitglieder".

In diesem Raum bot sich Troy ein gutes Bild davon, wie die Clubmitglieder lebten. Es war schön dort, sogar sehr schön.

Aber er war viel zu abgelenkt, um das zu bemerken. „Ich werde Golflehrer?", fragte er aufgeregt. „Für Kinder", antwortete der Clubmanager und verdrehte die Augen. „Eine wahre Wonne."

„Aber ich bin dafür doch gar nicht qualifiziert", protestierte Troy schwach.

Mr Fulton seufzte. „Zeigen Sie den kleinen Lieblingen, an welchem Ende sie den Schläger halten müssen, machen Sie einen Ball zum Abschlag bereit, und dann ducken Sie sich. Außerdem wird der Vorstand Ihnen den Sommer über Mitgliederprivilegien zugestehen. Sie haben Zugang zu allen Clubangeboten. Also herzlichen Glückwunsch."

Mr Fulton schnippte mit den Fingern, und sofort erschien jemand mit einer brandneuen Golfmontur für Troy.

Troy schwirrte der Kopf. Alles ging so wahnsinnig schnell! Dann öffnete er einen Spind mit seinem Namensschild und fand darin eine Golftasche voller neuer Schläger.

„Hier, noch etwas Nützliches", sagte Mr Fulton. Er händigte Troy einen Schlüssel aus. „Für Ihren Golfcart, Nr. 14. Wie Ihr Basketballtrikot, habe ich mir sagen lassen. Noch Fragen?"

Troys Blick wanderte von der Ausrüstung im Spind zu den Schlägern und blieb am Schlüssel hängen. „Wie ist denn das passiert?", fragte er.

Mr Fulton sah ihn leicht belustigt an. „Es scheint, als ob Sharpay Evans ungenutztes Potenzial in Ihnen erkannt hat." Er senkte die Stimme zu einem vertraulichen Wispern: „Junger Mann, die Zukunft ist weit und ungewiss, und die Familie Evans hat großen Einfluss. Ich schlage vor, Sie nehmen, was man Ihnen anbietet."

Troy nickte. Vielleicht hatte Mr Fulton recht.

KAPITEL 8

Am Swimmingpool war Gabriella damit beschäftigt, die Kacheln zu schrubben. Gegen die schwere Arbeit hatte sie nichts, aber sie ärgerte sich doch ein wenig, als Sharpay in all ihrer gut erholten Pracht vorbeistolzierte.

Die anderen Mädchen im Countryclub und Ryan bräunten sich am Pool. Sharpay stellte sich in Positur, um ihr neues Outfit zur Schau zu stellen. „Ist das Grün nicht zu aufdringlich?"

Wie erwartet kommentierte Emma das sofort mit: „Grün ist *so in* dieses Jahr", und auch die anderen nickten beifällig. Sie alle trugen Badeanzüge in verschiedenen Grüntönen. Sharpay sprach extra laut, damit Gabriella es hören konnte: „Ich nehme Golfunterricht bei Troy Bolton, da möchte ich perfekt aussehen.“

Ihre Freundinnen seufzten auf. Troy Bolton! Der war sooo süß!

Als Sharpay wieder ging, sagte sie im Vorbeigehen zu Gabriella: „Der Pool hat noch nie so gut ausgesehen. Brava!“

Gabriella biss nur die Zähne zusammen und schrubbte noch stärker. Ryan aber sah vom anderen Beckenrand aus besorgt zu. Seine Schwester konnte sich wirklich abscheulich benehmen.

Auf dem Junior-Golfübungsplatz duckte Troy sich gerade unter einem Schläger weg, der durch die Luft segelte. Er versuchte einen Weg zu finden, wie er die Kinder an die komplexeren Ziele des Spiels heranführen könnte.

„Bolton, Ihr 11.30-Uhr-Termin ist da“, rief einer der Golfprofis.

Troy sah, dass Sharpay ihm von hinten zuwinkte. Und auf einmal erschien es ihm gar nicht mehr so schlimm, einen Morgen mit den Kleinen verbringen zu müssen.

Ryan warf einen unauffälligen Blick in Gabriellas Richtung. Sie schrubbte immer noch die Kacheln, und draußen war es so heiß ...

Bevor er recht wusste, wie, stand er neben ihr und sagte: „Wenn du meine Schwester jemals ins Becken schmeißen willst, sag mir vorher Bescheid, damit ich's nicht verpasse."

Gabriella hörte das Mitgefühl in seiner Stimme. Sie sagte: „Schwimmt sie eigentlich auch mal, oder sieht sie sich den Pool bloß von außen an?"

Ryan lachte. „Sharpay lässt kein Wasser an ihr Haar, wenn nicht Shampoo, Spülung und Fön in greifbarer Nähe sind." Er zögerte kurz und fuhr dann schüchtern fort: „Ähm ... ich wollte dir nur sagen, ich finde es super, dass du hier bist. Die letzte Badeaufsicht hatte Übergewicht und Haare auf dem Rücken."

Oh. Das hatte er so eigentlich nicht sagen wollen! Gabriella lächelte amüsiert und sagte: „Schätze, das war ein Kompliment?“

„Ja, absolut“, beeilte er sich, ihr zu versichern. Er hätte gern etwas Cooles gesagt, endete aber nur lahm mit: „Ich meine, wirklich.“

Gabriella half ihm aus der Patsche. „Es hat mir Spaß gemacht, dir im Frühjahrsmusical beim Tanzen zuzusehen, Ryan. Besonders dann, wenn Sharpay nicht die Sicht auf dich verstellt hat. Du warst fantastisch.“

„Wirklich??“ Ryans Herzschlag setzte fast aus.

„Ganz große Klasse.“ Sie lächelte und sagte: „Ich freu mich schon, dich in der Talentshow hier im Club zu sehen.“

Es trat eine kurze Pause ein. „Okay, dann ... danke“, sagte er und fuhr hastig fort: „Ich meine, nicht für das, was du gerade über mich gesagt hast, sondern dafür, dass du hier bist. Am Pool. In der Sonne und all das. Aber dafür wirst du ja bezahlt, oder?“ Er hörte lieber auf, bevor er etwas noch Idiotischeres sagte.

„Ich gehe jetzt schwimmen. Also, ich bin kein guter Schwimmer, aber ... die Badeaufsicht ist ja im Einsatz!"

Als er zum Beckenrand ging, rief Gabriella ihm nach: „Zieh dir lieber noch eine Badehose an."

Er sah an sich herunter. Er trug immer noch seine Straßenkleidung.

„Eins zu null für dich", bemerkte er verlegen.

Rumms! Mit wildem Schwung sandte Sharpay einen Golfball nach rechts.

Rumms! Dieser Ball ging stark nach links.

Rumms! Der nächste Ball schoss auf eine Gruppe Clubmitglieder zu, die in Deckung ging.

Taylor übernahm die kleinen Golfspieler aus Troys Obhut, aber sie passte weiterhin auf, was bei Troy und Sharpay vor sich ging. Sie wusste, dass Sharpay nichts Gutes im Schilde führte.

Ein weiterer Ball ging fehl. Troy fand, noch schlechter könne man gar nicht Golf spielen.

„Nach diesem Sommer hast du mich so weit, dass ich spiele wie ein Profi", zwitscherte Sharpay.

Er wich ihrem ausholenden Schläger aus und murmelte: „Falls ich bis dahin überlebe."

Sie lächelte und holte wieder aus. „Ich freue mich *so* sehr auf die Star-Dazzle-Talentshow. Wir führen was ganz Tolles auf."

Troy seufzte. „Ich hab dir doch schon gesagt, das ist nichts für mich."

Sie überhörte seinen Einwand und fuhr fort: „Und das Beste ist: Alle Redhawk-Trainer werden da sein, und das Stipendienkomitee auch."

Selbst aus der Entfernung konnte Taylor erkennen, dass Troy auf etwas, das Sharpay gesagt hatte, eine fast freudige Reaktion zeigte. Missbilligend schüttelte sie den Kopf.

„Wirklich?", fragte Troy.

„Natürlich", meinte Sharpay. „Mom und Dad sind doch im Ausschuss. Wir sorgen dafür, dass du dein Stipendium bekommst – direkt von der Bühne weg." Sie dachte kurz nach und schloss dann: „Wir halten doch alle zusammen."

Troy schüttelte den Kopf. Er musste stark bleiben. Außerdem hatte er Gabriella und den anderen bereits zugesagt, mit ihnen zusammen zu singen. „Deine Familie ist sehr nett zu mir, Sharpay. Aber mit dir zu singen, gehört nicht zu meinen Aufgaben hier."

„Ich weiß", flötete sie mit zuckersüßer Stimme. „Das hast du mir nur selbst versprochen. Weißt du noch?" Sie legte eine bedeutungsvolle Pause ein, damit Troy diese Neuigkeit verarbeiten konnte, und sagte dann: „Du siehst übrigens fabelhaft aus in deinen neuen Sachen."

Er wusste natürlich, dass sie ihm schmeicheln wollte, aber ein Kompliment war immerhin ein Kompliment. Er sagte: „Gefallen dir die Schuhe? Die kommen aus Italien." Taylor hörte seinen Kommentar und verdrehte die Augen.

Troy wollte Sharpay nun aber beibringen, wie man den Golfschläger richtig (und ungefährlicher) handhabte. Er legte einen Arm um sie und korrigierte ihre Handhaltung. In diesem Augenblick kam Gabriella mit zwei Portionen Lunch aus dem Clubhaus. Ihr Lächeln erlosch, als sie Troy und Sharpay so eng umschlungen stehen sah.

Taylor lief zu Gabriella, und dann gesellte sich auch Chad zu den beiden. Taylor neigte den Kopf in Sharpays Richtung und erklärte: „Dieses Mädchen ist aufdringlicher als ein Oktopus beim Ringen."

„So unangenehm scheint sie ihm ja nicht zu sein", bemerkte Chad.

„Troy passt schon auf sich auf", verteidigte ihn Gabriella. Troy lachte eben über etwas, das Sharpay gesagt hatte, und rückte noch dichter an sie heran, um ihr beim Abschlagen zu helfen. Die beiden schienen sehr vertraut miteinander, und Gabriella verlor ein wenig den Mut.

„Glaubst du?", fragte Taylor. „Er hat sie eben nach ihrer Meinung zu seinen neuen italienischen Golfschuhen gefragt."

„Mich nicht", meinte Gabriella verzagt.

„Wach endlich auf, Schwester", forderte Taylor. „Sharpay bietet ihm mehr oder weniger eine ganze Collegeausbildung dafür an, dass er mit ihr in ihrer Talentshow auftritt."

„Das würde er nie tun", widersprach Chad.

Taylor konnte nur den Kopf schütteln angesichts der allgemeinen Verleugnung.

„Hast du keine Augen im Kopf?“, fragte sie Chad. „Sieh doch hin!“

Als Troy gerade Sharpay beim nächsten Schlag behilflich war, kam einer der Golfprofis zu den beiden herüber. „Fulton möchte dich in der Eingangshalle sehen, Troy.“ Troy nickte und sprang in seinen Golfcart.

Kaum war er weg, legte Sharpay einen Ball auf, holte aus – und schoss ihn in gerade Linie aufs Ziel zu. Sie lächelte zufrieden. Natürlich nahm sie schon seit Ewigkeiten Golfunterricht. Sie war eben eine tolle Schauspielerin!

In der Eingangshalle warteten schon Mr Fulton und Sharpays Vater auf Troy – gemeinsam mit drei Starspielern des Basketballteams der Universität Albuquerque!

„Troy Bolton, das sind ...“, begann Mr Evans.

„Ich hab sie alle schon für die UA spielen sehen“, unterbrach ihn Troy tief beeindruckt.

„Komm doch heute Abend zu uns in die Halle“, sagte einer der Spieler.

Troy schluckte schwer und warf Mr Evans einen Blick zu. „Ich soll mit euch ... spielen?“

Der Spieler lächelte gutmütig. „Du bist dabei, Kumpel“.

„Wow!“ Troy war überwältigt. „Das ist ja unglaublich!“

„Sehr schön“, beschloss Mr Evans. „Und jetzt bestellen wir alle ein unglaubliches Mittagessen.“

Troy war noch immer ganz benommen, als Sharpay erschien und ihm eine Krawatte vor die Nase hielt. „Ich wusste es!“, schrie sie. „Korallenblau. Passt perfekt zu deinem Teint. Und auch zu meinem. Wir sind echt total teint-kompatibel, Troy.“

„Ich hab keine Ahnung, was das bedeutet“, gab er zu.

„Brauchst du auch nicht“, entschied Sharpay. „Ich bin ja für dich da.“ Und bald schon, dachte sie zufrieden, wirst du gar nicht mehr wissen, wie du je ohne mich auskommen konntest!

Schon kurz darauf saß Troy mit den Redhawks auf der Terrasse. Er konnte es kaum fassen, dass diese Männer tatsächlich seinen Rat hören wollten. Als man Troy einen Cheeseburger vorsetzte, war er noch so befangen, dass er sich nicht einmal umsah, als er sich beschwerte: „Ich wollte aber Schweizer Käse auf dem Burger."

Hinter ihm traute Chad seinen Ohren kaum. Jetzt hatte er aber wirklich genug. Schon wollte er sein Kellnerjackett ausziehen, um die Sache auf der Stelle tätlich anzugehen, da packte ihn jemand am Kragen und zog ihn fort.

„Mehr Eistee an Tisch 3", knurrte Mr Fulton.

Chad servierte den Tee und stürzte dann in die Küche, wo Taylor und Gabriella zu Mittag aßen.

„Du hattest recht" sagte er zu Taylor. „Da draußen sitzt ein Kerl, der aussieht wie Troy, aber wer das wirklich ist, das weiß ich nicht."

Ryan und Kelsi saßen gerade am Klavier, als Sharpay hereinwehte.

Ryan freute sich, sie zu sehen. „Hey, Kelsi hat ein paar tolle Ideen, wie man die Show verbessern könnte", begann er begeistert. „Sie ..."

„Ja, fabelhaft", unterbrach ihn Sharpay kurz angebunden und verlangte dann von Kelsi: „Das Duett, das du für Troy und Gabriella geschrieben hast, soll ja recht gut sein. Ich brauche es."

Kelsi versuchte standhaft zu klingen: „Das ist nicht möglich."

Sharpay starrte Kelsi gefährlich an. „Wie bitte?"

Kelsi merkte, wie ihre Entschlossenheit wankte, sagte aber trotzdem: „Das Duett habe ich für Troy und Gabriella geschrieben. Falls sie ..."

„Du bist hier angestellt und sollst nicht die gute Fee spielen", befahl Sharpay. „Schreib alles um auf meine Stimmlage. Troy und ich werden es in der Talentshow vorführen. Und zieh das Tempo etwas an. Die Leute sollen ja auch nach den anderen Nummern noch wach bleiben."

Sie machte sich geschäftig auf den Weg zum Speisesaal, aber Ryan sprang auf und fing sie ab.

„Was wird aus ‚Humu-humu'?", fragte er.

Sharpay seufzte ungeduldig. „Planänderung."

„Und was soll ich jetzt mit meinem Tiki-Krieger-Kostüm anstellen?", rief Ryan aufgebracht.

„Bis Halloween aufheben, zur großen Luau einladen, bei eBay verkaufen, was weiß ich?" Sharpay verlor die Geduld.

„Hab aber unbedingt ein Auge auf diese Wildcats", setzte sie noch nach, „wenn die wirklich an der Talentshow teilnehmen wollen – was ich bezweifle, wenn sie das von mir und Troy erfahren – möchte ich keine Überraschung erleben." Sie dachte kurz nach und fügte gnädig hinzu: „Und für dich finde ich schon noch einen Song in der Show. Oder in der nächsten."

„Wirklich? Überanstreng dich nicht", murmelte Ryan missmutig und ging.

Sharpay schüttelte den Kopf. „Entertainer sind ja so … launische Menschen."

KAPITEL 9

Feierabend! Endlich. Alle zogen sich für das Softballspiel des Personals um, das abends stattfand. Gabriella aber sah Troy auf dem Basketballfeld.

„Ich muss gleich los“, erklärte er, „aber ich bin in etwa einer Stunde zurück. Dann gehen wir ins Kino, ja? Versprochen.“ Gabriella sah ihn nachdenklich an.

„Ein Versprechen ist keine Kleinigkeit, Troy.“

Er hielt inne. „Ich weiß ...“

„Und heute Abend ist das Softballspiel fürs Personal“, erinnerte sie ihn. „Weißt du noch, du hast ‚versprochen‘ mitzuspielen.“

„Genau ... Softball ... heute Abend“, versuchte er seinen Fehltritt auszubügeln. „Auf jeden Fall, wir treffen uns dann da.“

„Du hast es vergessen, oder?“

„Nein, ich hab nur die Tage verwechselt“, log er. „Es tut mir auch unheimlich leid, dass aus unserer Mittagspause heute nichts geworden ist. Es passiert einfach so viel. Ich kann kaum glauben, wie gut sich alles hier anlässt.“

„Italienische Schuhe, neue Sachen, Golfcart“, bemerkte sie spitz. „Gar nicht so leicht, das alles im Kopf zu behalten, da bin ich sicher.“

„Das ist doch nur für die Arbeit hier“, verteidigte er sich.

„Richtig, für die Zukunft.“ Sie nickte. „Früher hatte ich auch nichts anderes im Kopf. Aber dann bin ich an die East High gekommen, hab mich umgesehen und es richtig schön gefunden.“

In diesem Moment kamen Chad, Zeke und Jason aus der Küche und wollten Basketball spielen.

„Sehen wir mal, ob der Tiger Woods von Toon Town noch immer springen kann“, scherzte

Chad. Und schon war unter den vieren ein schnelles Spiel im Gang. Kaum hatten sie sich aber aufgewärmt, da unterbrach sie auch schon ein lautes Hupen, das nach Troy verlangte. Drei Redhawks-Spieler waren gekommen, um ihn abzuholen.

„Sag ihnen doch, sie sollen rüberkommen“, schlug Zeke vor. „Spielen wir alle zusammen.“

Aber Troy antwortete ausweichend: „Ich glaube, so läuft das bei denen nicht.“

Chad sah ihn ungläubig an, und Troy wurde rot. „Wir trainieren dort mit deren Trainern, meine ich.“

Zeke beharrte: „Gestern hast du gesagt, wir spielen nach der Arbeit zwei gegen zwei.“

Chad schüttelte den Kopf. „Zeke, das war doch sowas von *gestern*. Du weißt schon, als wir alle noch ein Team waren.“

Troy fühlte sich gar nicht wohl in seiner Haut und wäre am liebsten geblieben. Alle schienen wütend auf ihn zu sein. Aber die Redhawks wollte er auch nicht warten lassen. Als er zum Auto lief, rief ihm Chad nach: „Yo, Bolton, das ist mein Ball!“

Kapitel 10

Am achten Loch auf dem Golfplatz hatten sich die Angestellten des Countryclubs zu einem aufregenden Softballspiel versammelt. Die Teams feuerten sich an, und von irgendwoher schallte Musik. Das Leben war schön.

Auf dem Parkplatz startete Gabriella gerade einen Golfcart, um zum Spiel zu fahren. Auf dem Weg sah sie Ryan und rief ihm zu: „He, Wildcat, heute Abend keine Proben?“

Überrascht von einem so freundlichen Gruß hielt Ryan an. „Meine Schwester arbeitet an einer neuen Nummer für die Talentshow", sagte er und fügte betreten hinzu: „Ohne mich."

„Weißt du schon, dass heute Abend ein großes Softballspiel fürs Personal stattfindet?"

Ryan fühlte eine leise Hoffnung aufsteigen. War es möglich, dass sie ihn tatsächlich bat, sie zu begleiten? Nein, unmöglich ... „Ich gehöre nicht zum Personal", sagte er zögernd.

„Und ich spiele nicht gut Softball", erwiderte Gabriella fröhlich. „Also los!"

Glücklich sprang Ryan in den Cart, und sie fuhren zusammen in die warme Sommernacht.

Als Ryan und Gabriella am Spielfeldrand standen, gesellten sich ein paar Mitschüler zu ihnen. Chad sah Ryan misstrauisch an. „Hat Fulton dich zum Spionieren geschickt?", fragte er.

„Nein", antwortete Ryan. „Meine Schwester."

„Was?", fragte Chad.

Alle sahen Ryan erstaunt an. Am meisten überrascht aber war Ryan selbst. Er war Sharpay gegenüber immer völlig loyal gewesen. Jetzt merkte er, dass er langsam genug von ihr hatte. Er lachte laut auf. Es war ein völlig neues Gefühl der Befreiung. „Sie glaubt, ihr könntet ihr die Talentshow stehlen“, kicherte er.

„Keine Sorge“, meinte Zeke. „Wir haben davon gesprochen, uns anzumelden, aber nun sieht’s aus, als würde Troy uns versetzen. Ist ja auch egal.“

„Wieso egal?“, protestierte Gabriella laut. „Es ist ja wohl immer noch unser Sommer. Und hatten wir nicht beschlossen, dass so eine Show Spaß machen würde?“

Martha hob die Hand. „Ich bin dafür.“

„Wem machen wir hier was vor?“, fragte Chad. „Wir wissen doch gar nicht, was wir tun.“

Gabriella deutete auf Ryan. „Er weiß es.“

Alle starrten überrascht Ryan an. Er starrte genauso überrascht zurück.

„Wenn wir einen echten Regisseur für unsere Nummer hätten, wären wir unschlagbar“, fuhr Gabriella begeistert fort. Und an Ryan gewandt: „Haben die Angestellten schon einmal den Star-Dazzle-Preis gewonnen?“

„Immer langsam“, wiegelte Ryan ab, spürte aber gleichzeitig eine freudige Erregung bei dem Gedanken daran, Sharpay eventuell einmal *nicht* gewinnen zu sehen.

„Ich weiß, was du kannst, Ryan“, sagte Gabriella. „Warum tust du's nicht für uns?“

Chad hatte genug. Sie waren schließlich Sportler und keine Künstler! „Hör mal“, sagte er zu Ryan, „wenn du bleiben willst, schnapp dir 'nen Handschuh und spiel mit. Aber wir sind keine Tänzer, also lass uns weitermachen.“

Ryan erkannte den herablassenden Tonfall und spürte plötzlich, wie die Wut in ihm aufstieg. „Du glaubst also, Tanzen ist kein Sport?“, fragte er.

Er starrte Chad direkt in die Augen.

Chad starrte zurück.

Jetzt kam es drauf an. Trotz der Proteste einiger Wildcats, dass sie bis zur Talentshow niemals tanzen lernen würden, nahm Ryan sie richtig ran: Erst mussten alle auf dem Softballfeld die typischen Baseballschritte vorführen: werfen, fangen, sliden, rennen und den Schläger schwingen.

Dann machte er aus jeder Bewegungsfolge einen dynamischen Tanzschritt, und bald schon wirbelten und tanzten die Wildcats über das ganze Spielfeld. Zum Schluss legte Chad noch einen perfekten Slide zur Homebase hin.

Chad stand auf und betrachtete Ryan mit neuem Respekt. „Ich hab noch nicht gesagt, ich mache mit bei der Show, aber *wenn* ich mitmachen würde ... was müssten wir dann tun?“

Aller Augen waren auf Ryan gerichtet. Er sah sich mit einer Mischung aus Nervosität und noch etwas anderem um. Alle lächelten ihm zu, und ihm wurde klar, was er da gerade spürte – er gehörte endlich einmal dazu!

Troy steckte mitten im härtesten Training seines Lebens. Sein Atem ging stoßweise, während er sein Bestes gab, um mit Männern mitzuhalten, die größer, stärker und älter waren als er. Es war anstrengend, aber es machte auch großen Spaß.

Troys Vater beobachtete das Geschehen auf dem Spielfeld genau. Sharpays Vater stand neben ihm und ließ ebenfalls diesen neuen Anwärter nicht aus den Augen, den seine Tochter so sehr mochte. Der Trainer der Universität Albuquerque, Coach Reynolds, stand unter dem Korb und begutachtete jedes Manöver, jeden Schritt, jeden Wurf seiner Spieler.

Der Trainer pfiff ab zu einer kleinen Pause und ging zu Mr Bolton hinüber. „Gefällt mir, was er da tut“, sagte er.

„Troy gibt an jedem Tag und in jeder Stunde 110 Prozent, darauf können Sie sich verlassen“, versicherte Mr Bolton.

Coach Reynolds nickte. „Lassen Sie ihn an dem Stepback arbeiten. Er muss über die größeren Spieler hinüberwerfen können.“

„Troy hat gerade erst angefangen zu wachsen“, erklärte Mr Bolton eilfertig. „Ich selbst bin auf dem College noch 10 Zentimeter gewachsen. Aber wir arbeiten an dem Stepback, garantiert.“

Troy dachte gerade nicht daran, 10 Zentimeter zu wachsen oder an irgendwelchen Techniken zu arbeiten. Er versuchte zu telefonieren.

Auf dem Golfplatz war das Softballspiel wieder in vollem Gang. Gabriella war mittendrin, als ihr Handy klingelte, also hörte sie es gar nicht. Auch Troys Bild auf dem Monitor sah sie nicht, und so ging sein Anruf ins Leere ...

Viel später am Abend fuhr Troy schließlich im Truck seines Vaters zum Softballfeld auf den Golfplatz hinaus. Das Licht war noch an, also sprang er aus dem Wagen und lief zum Feld. Aber niemand war mehr da, all seine Freunde waren bereits gegangen. Und Troy stand noch eine ganze Weile allein auf der Homebase.

Gabriella rümpfte die Nase, als der Geruch von Chlor durch die Morgenluft zog. Sie fing an, das Schwimmbecken für den Tag vorzubereiten.

Da kam Ryan auf sie zu. Er hatte eine Surferhose in Wildcat-Farben an.

„Wow, Wildcat", begrüßte sie ihn und blinzelte, als das wilde Muster ihr ins Auge stach.

„Etwas übertrieben?“, fragte Ryan unsicher.

Sie lachte. „Nur bei Tageslicht. Die East-High-Farben sind sehr beeindruckend.“

Er grinste. „Seiner Schule soll man doch die Treue halten, oder?“

„Absolut.“ Sie nickte. „Und wir freuen uns alle schon auf die Show.“

Er zuckte die Achseln, freute sich aber sichtlich. „Ich weiß schon, alle denken, ich wäre nur Sharpays Pudel ...“

Sie hob die Hand, um ihm weitere Rechtfertigungen zu ersparen. „Wenn sie das früher gedacht haben, dann tun sie's jetzt jedenfalls nicht mehr“, entschied sie. Er sah noch nicht überzeugt aus, und sie wollte seinem Selbstvertrauen auf die Sprünge helfen. Also fragte sie: „Dieser Swingstep von gestern Abend, wie kriegst du den hin?“

Sie imitierte den Schritt unbeholfen.

Ryan schüttelte den Kopf. „Eher so...“

Er führte ihr den Schritt vor, nahm sie dann an der Hand und wirbelte sie herum – bis sie direkt gegen Troy fiel. Der sprang überrascht zurück.

„Hey", sagte sie und versuchte unbekümmerter zu klingen, als sie sich fühlte.

„Hey", antwortete er und versuchte, sich den Schreck nicht anmerken zu lassen, den ihm der Anblick von Gabriella und Ryan versetzt hatte.

„Hey", sagte auch Ryan und wollte irgendetwas sagen, das die Situation retten würde. Aber ihm fiel nichts Passendes ein.

Schließlich sagte Troy zu Gabriella: „Ich hab versucht, dich anzurufen. Ich bin beim Training … aufgehalten worden."

„Mein Vater sagt, du hast dich bei den Jungs vom College prima geschlagen", meinte Ryan.

Da schlug Troys Begeisterung wieder durch. „Die sind so cool", rief er aufgeregt. „Mit denen zu spielen, ist wie in einer anderen Welt zu sein …"

„Go Redhawks", murmelte Gabriella trocken.

Troy beruhigte sich wieder ein wenig. „Ehrlich, ich hab versucht, dich anzurufen, und Chad auch, aber …"

Gabriella zeigte auf Ryan. „Wir haben großartigen Tanzunterricht bekommen."

Ryan freute sich, aber Troy fühlte sich ein wenig außen vor gelassen.

Da erschien Mr Fulton auf seine unheimliche, plötzliche Art und klopfte auf seine Armbanduhr. „Ist der Swimmingpool noch immer nicht fertig, Miss Montez? Wir öffnen in fünf Minuten. Und Mr Bolton, ich glaube, man vermisst Sie schon auf dem Golfplatz.”

Die Jungen waren noch im Personalraum mit Umziehen beschäftigt, als Troy hereinkam.

„He, wie war's mit den Redhawks?“, rief Zeke.

„Sie sind sehr ... groß“, fasste Troy seine Eindrücke vom vorherigen Abend zusammen.

„Der Hausmeister Vince ist für dich eingesprungen“, sagte Zeke, um Troy zu erinnern, dass er sie versetzt hatte. „Das ging also in Ordnung.“

„Vielleicht können wir ja heute Abend spielen?“, fragte Troy schüchtern.

Aber seine Freunde hatten schon zu oft leere Versprechungen von ihm gehört.

„Klär das mit Vince ab“, riet ihm Chad kühl.

Troy wurde langsam ärgerlich. Sie benahmen sich so, als sei das allein seine Schuld. Hatten sie denn wirklich erwartet, dass er diese einmalige Gelegenheit zum Training mit den Redhawks sausen ließ, nur um mit ihnen Softball zu spielen? „Nicht ich hab den Termin für dieses Training ausgemacht, sondern Mr Evans“, erinnerte er sie.

Aber so leicht wollte Chad nicht locker lassen. „Hast du mal dran gedacht, uns auch mitzunehmen? Oder ist dir der Platz auf deiner To-do-Liste ausgegangen?“

Jetzt war Troy richtig wütend. „Ich bin den Redhawks nicht nachgelaufen, sie sind zu mir gekommen. Ich hab mir diesen Golfjob nicht ausgesucht, Fulton hat ihn mir angeboten. Aber ich habe ja gesagt, stimmt. Weil er Spaß macht, und weil das alles Dinge sind, die ich für meine Zukunft tun sollte. Ich komme pünktlich zur Arbeit, genau wie ihr.“

Zu der letzten Bemerkung konnte Chad nur die Augen verdrehen. „Ach ja? Während du à la carte bestellst, essen wir hier, was übrig bleibt.“

Troy entgegnete hitzig: „Ihr würdet genau dasselbe tun, wenn ihr …“ Hier hielt er inne, aber es war schon zu spät.

„Wenn wir so gut wären wie du?“, ergänzte Chad scharf.

„Das hab ich nicht gesagt.“ Aber Troy wusste, dass er es beinahe gesagt hätte.

„Wir haben dich nicht zum Captain der Wildcats gewählt, weil du so gut wirfst, sondern weil du weißt, wo's langgeht“, bemerkte Chad ruhig. „Aber das war vor diesem Sommer, nicht wahr?“

In diesem Moment kam Mr Fulton herein, warf einen Blick in die Runde und sagte: „Gentlemen, Sie werden nicht für Dr. Sommers Beratungsstunde bezahlt. An die Arbeit!“

Dann wandte er sich an Troy. „Mr Evans möchte, dass Sie ihn am Indian Hills Countryclub abholen, um mit seinen Geschäftspartnern Golf zu spielen. Er hat Ihnen die Schlüssel zu seinem Ferrari überlassen.“

Er händigte Troy die Schlüssel aus, und der verließ ohne ein Wort den Raum.

Kapitel 11

Während der nächsten Tage waren alle East-High-Schüler schwer beschäftigt.

Troy spielte mit Mr Evans und den anderen Ausschussmitgliedern der Universität Golf. Sie hörten auf seine Ratschläge, klopften ihm auf die Schulter und luden ihn weiterhin zu den köstlichsten Abendessen im Club ein. Zweifellos war das ein schönes Leben, und Troy hätte gelogen, wenn er behauptet hätte, es gefiele ihm nicht.

Ryan hatte großen Spaß daran, mit den Wildcats die Tanznummer für die Talentshow einzustudieren, und die wiederum waren überrascht, wie viel Freude sie an den Proben hatten. Natürlich durfte Sharpay nicht wissen, was sie vorhatten. Aber die war zum Glück vollauf mit ihren Proben mit Troy und Kelsi und mit dem Organisieren der Show beschäftigt.

Zeke zauberte in der Küche immer leckerere Köstlichkeiten. Als Mr Fulton einmal probierte, war er überrascht, wie gut es schmeckte.

Nach der Arbeit hatten die Wildcats noch immer viel Spaß – aber Gabriella hielt oft Ausschau nach Troy und war traurig, wenn er nicht kam.

Troy ging weiter mit den Redhawks zum Training. Er genoss diese ersten Erfahrungen mit dem Collegesport, aber dann fühlte er sich auch recht verlassen, wenn er danach in die Küche kam und seine Freunde schon fort waren. Auch auf dem Golfplatz zu arbeiten, war nicht mehr so schön, seit er die anderen kaum noch zu Gesicht bekam.

Aber so hatte sich der Sommer mittlerweile entwickelt: Troy lebte nun in einer ganz anderen Welt als die anderen Wildcats.

Ein paar Tage vor dem Talentwettbewerb begann ein Trupp Handwerker, das Zelt aufzubauen. Als Troy dazukam und sich die Sache genauer ansah, war er gehörig überrascht. Das war ganz und gar kein kleines Partyzelt, sondern eine Profibühne!

Sharpay ging mit ihrer Mutter zusammen die Sitzordnung durch. Als sie Troy entdeckte, winkte sie ihn heran und deutete auf einen rot markierten Tisch auf dem Blatt. „Daddy hat dafür gesorgt, dass das gesamte Stipendienkomitee hier sitzt“, sagte sie, „und die beste Sicht auf dich hat.“

„Und ich habe deine Eltern eingeladen“, sagte ihre Mutter. „Das wird ein fantastischer Abend.“

Troy ließ den Blick über das riesige Zelt wandern, über die große Bühne, die Lichtanlage und die prächtigen Dekorationen, über die ganze superluxuriöse Atmosphäre. Dann sah er Sharpay an, die angezogen war, als sei sie zum Fototermin für ein Hochglanzmagazin unterwegs. Er musste gestehen: Sharpay und ihr Lebensstil hatten einiges für sich.

Sharpay führte ihn auf die Bühne. Als Kelsi zu spielen begann, spähten Martha und Taylor ins Zelt. Und dann sang Troy wohl oder übel im Duett mit Sharpay.

Es war zwar das Lied, das Kelsi für ihn und Gabriella komponiert hatte, aber Sharpays Änderungswünsche hatten etwas völlig anderes daraus gemacht. Was früher einmal gefühlvoll und rührend gewesen war, hatte sich zu einem extravagant glitzernden Broadwaystück gewandelt.

Er tat sein Bestes, um so zu singen, wie Sharpay es wünschte, aber es war doch nicht zu überhören, dass er nicht ganz bei der Sache war. Er fühlte sich wie in einem Alptraum ohne Ausweg gefangen.

„Gut, dass keine Jury hier ist", urteilte Martha.

Taylor nickte. „Jungsregel Nummer sieben: Wenn Jungs Mist bauen, dann tun sie's aber auch gleich richtig."

Schließlich war der Song zu Ende. Sharpay nahm Troys Hände und sah ihm tief in die Augen. „Weißt du, Troy, ich hab schon immer gewusst, dass du etwas Besonderes bist. Und dass ich etwas

Besonderes bin, ist ja offensichtlich. Ich denke, es ist unser Schicksal, zusammen zu singen, meinst du nicht? Ich freu mich so auf unsere gemeinsame Zukunft, es ist wirklich, als sei ein Traum wahr geworden."

Als er sie ansah, schien es ihm, als trüge sie ein weißes Hochzeitskleid und einen üppigen Brautstrauß. Ein panisches Entsetzen packte ihn.

„Troy?", fragte Sharpay.

„Ich muss an die Luft", stieß er hervor.

Als er zum Ausgang lief, rief sie ihm hinterher: „Bleib nicht so lange, das müssen wir noch mal machen."

Kaum war Troy draußen, rannte er los. Und er hielt erst wieder an, als er dort angekommen war, wo er sich immer glücklich und sicher gefühlt hatte: am Basketballfeld. Er schnappte sich einen Ball und begann, Körbe zu werfen. Aber nach ein paar Minuten hielt er frustriert inne: Die meisten Würfe waren daneben gegangen.

Dann hörte er etwas. Musik und Gelächter ... und zwar aus dem Fitnessraum.

Sharpay wurde langsam böse. Erst war Troy fortgerannt, als sei er auf der Flucht, und jetzt waren bereits *fünf* Minuten vergangen, und er war immer noch nicht wieder da.

Sie marschierte hinaus, um ihn zu suchen. Als sie beim Pool angekommen war, sah sie, dass im Fitnessraum Leute waren. Sie spähte durch eins der Fenster ... und schnappte hörbar nach Luft, als sie die Wildcats bei der Probe einer Tanznummer entdeckte, die ihr eigener Bruder inszenierte!

Erbittert beobachtete Sharpay diese ... diese *Niemande* beim Tanzen, Singen und Lachen. Was Sharpay jedoch nicht sah, war Troy, der von der anderen Seite her zusah und sehnsüchtig fand, dass seine Freunde da drin mächtig viel Spaß ohne ihn hatten. Und dass Gabriella wunderschön aussah.

Nach der Probe verließen die Schüler bester Laune den Fitnessraum. Ryan blieb noch, um seine Noten und CDs einzusammeln und zu sortieren. Gerade wollte er sich auch auf den Heimweg machen, als die Tür aufgestoßen wurde und Sharpay hereinstürmte.

„Ich hab gesagt, hab ein Auge auf sie, nicht mach aus ihnen niedliche Schmusekätzchen!“, zeterte sie.

Er grinste. „Cool, was?“

Sharpay war atemlos vor Empörung. „Was tust du da meiner Show an?“, zischte sie. „Möchtest du, dass ich den Star-Dazzle-Preis an eine Horde Tellerwäscher verliere?“

Ryan hob aufsässig das Kinn. „Deine Show. Ich gehöre doch jetzt nicht mehr dazu, weißt du nicht mehr? Ich hab jetzt meine eigene.“

„Wann bist du denn einer von denen geworden?“, stieß sie verächtlich hervor.

„Das verstehe ich als Kompliment“, sagte er. „Aber ich wünsche dir eine Supershow, Schwesterchen.“

„Die werde ich haben“, murmelte Sharpay giftig und stapfte davon.

KAPITEL 12

Sharpay ging schnurstracks zu Mr Fulton. „Die Midsummer Night's Star Dazzle Talentshow bedeutet mir und meiner Familie sehr viel", erklärte sie. „Und jetzt wollen diese Wildcats sie in eine Farce verwandeln."

„Ihr Bruder ist einer dieser Wildcats, wenn ich recht informiert bin", entgegnete Mr Fulton.

„Über diesen Verräter möchte ich kein Wort hören", bemerkte sie scharf.

„Dass das Personal an der Star-Dazzle-Show teilnimmt, hat hier Tradition", sagte er.

„Traditionen können sich ändern“, tat sie seinen Einwand ab. „Meine Eltern empfangen an diesem Abend wichtige Gäste. Wir brauchen jeden Angestellten im Dienst, nicht auf der Bühne.“

Mr Fulton zögerte. „Überlegen Sie sich das noch einmal gut.“

„Na schön.“ Sharpay machte eine halbe Sekunde Pause und sagte dann: „Fertig überlegt. Tun Sie’s einfach.“ Als sie energisch das Büro verließ, fühlte sich Sharpay schon ein wenig besser.

Mr Fulton sah seinem Spiegelbild in die Augen und murmelte schuldbewusst: „Was gibt’s denn da zu glotzen?“

Am folgenden Tag händigte Mr Fulton Taylor einen Stapel Memos aus. „Verteilen Sie das beim Personal ... aber nicht vor Schichtende.“

„Natürlich“, antwortete sie. Dann las sie, was auf dem Memo stand. „Was? Aber ... warten Sie!“

„Keine Diskussion, Miss McKessie“, brummte Mr Fulton. „Ich führe hier ein Geschäft. Es tut mir leid, dass ich Ihnen das mitteilen muss, aber willkommen in der Welt der Erwachsenen, die ihren Job behalten wollen, weil sie Hypotheken abzahlen müssen und Collegegebühren. Manchmal hat ein Arbeitgeber eben eine unangenehme, aber nichtsdestotrotz notwendige Aufgabe, die erfüllt werden muss, damit der eben erwähnte Gehaltsscheck pünktlich in seinen allzu leeren Taschen eintrifft."

Taylor schwieg und bot dann leise an: „Kann ich Ihnen eine Tasse Tee bringen, Mr Fulton?"

„Das wäre sehr nett, danke", antwortete er.

Kurz darauf versammelte sich ein niedergeschlagenes Grüppchen Wildcats in der Küche.

„Wie sollen wir denn eine Shownummer aufführen, wenn wir alle voll arbeiten müssen?", fragte Martha.

„Ich denke, das ist der Sinn der Sache", meinte Taylor.

Gabriella betrat die Küche, und Taylor drückte ihr ein Memo in die Hand. „Dagegen sind wir machtlos, Anordnung von Fulton", sagte sie.

Chad schnaufte verächtlich. „Das ist nie und nimmer auf Fultons Mist gewachsen, außer Fulton hat plötzlich blondierte Haare und trägt Designerkleidchen."

Gabriella las das Memo. Doch danach war sie nicht niedergeschlagen. Sie war wütend.

Sharpay packte gerade ihre Strandtasche, als Gabriella heranstürmte.

„Sehen wir mal von uns anderen ab, bedeutet es dir denn gar nichts, dass dein Bruder unglaublich schwer für diese Show geschuftet hat?", stieß sie erbost hervor.

„Ach, bu-huu", meinte Sharpay nur kühl. „Er ist doch bei der Show dabei. Er ist Clubmitglied. Und halt mir keine Vorträge über Ryan, so wie du Troys Zukunft bisher gefährdet hast."

Gabriella blieb förmlich der Mund offen stehen. „Was?"

„Du hast dafür gesorgt, dass er bei Mr Fulton einen schlechten Stand hat: Picknick auf dem Golfplatz, Schwimmen nach Feierabend ...", zählte Sharpay auf. „Ich musste mich für ihn einsetzen, nur um seinen Job zu retten. Er macht sich solche Sorgen über seine Zukunft und das College, und ich habe nur versucht zu helfen."

„Was hat das alles mit unserem Auftrittsverbot zu tun?", wollte Gabriella wissen.

Sharpay blitzte sie feinselig an. „Du hast Ryan auf eure Seite gezogen, weil du neidisch darauf bist, was ich für Troy getan habe."

„Ich spreche doch gar nicht von Troy", sagte Gabriella, um Fassung bemüht. „Ich spreche von meinen Freunden, deinem Bruder und meinem Sommer."

Sharpay verdrehte die Augen. „Du bist doch nur sauer, dass ich gewonnen habe."

„Was gewonnen?", konterte Gabriella. „Troy? Den Star-Dazzle-Wettbewerb? Musst du den ganzen Zirkus hier veranstalten, nur um eins von beiden zu bekommen? Nein danke, Sharpay. Du bist sehr gut bei einem Spiel, mit dem ich absolut nichts zu tun haben möchte. Dein Club, deine Welt – behalt sie bloß! Tritt nur mal lang genug vom Spiegel zurück, dass du kapierst, wen du alles verletzt, nur um zu gewinnen."

Ich könnte darauf antworten, dachte Sharpay. Ich will einfach nicht. Hastig schnappte sie ihre Tasche und stakste davon.

Troy kam in der Hoffnung, die anderen zu finden, in die Küche. Aber dort war nur noch Taylor, die sehr bedrückt dreinsah. Sie war zu Troy in letzter Zeit nicht gerade freundlich gewesen, also wollte er gern etwas Nettes sagen. „Wenn ich noch einen einzigen Kinderkurs unterrichten muss, brauche ich eine Rüstung."

„Vielleicht nicht die schlechteste Idee", erwiderte sie und reichte ihm das Memo. Er las es und sagte: „O Mann, das ist ja ätzend."

„Du hast das also nicht kommen sehen?"

Er warf ihr einen zweifelnden Blick zu. „Was soll denn das heißen?"

„Es ist doch kaum zu übersehen, dass diese Riesenbühne ganz dir und deiner neuen besten Freundin Sharpay vorbehalten ist", sagte sie.

Troy dachte sofort an den einen Menschen, der das nicht von ihm glauben durfte. „Glaubt Gabriella etwa, dass ich das wollte?“

Taylor schüttelte resigniert den Kopf. „Jungsregel Nummer zehn: Wach auf, Mann!“

„Wo ist sie?“, drängte Troy.

Taylor zuckte die Achseln. „Weiß nicht. Sie hat nur gesagt, das sei ihr letzter Tag in Lava Springs.“

„Was?“ Troy war fassungslos. Er musste unbedingt mit ihr sprechen, sie davon abhalten zu gehen. Er rannte hinaus und nahm die Treppe in großen Sätzen, als er Gabriella gerade noch erwischte, bevor sie ihre Tasche gepackt hatte.

„Du darfst nicht gehen“, keuchte er atemlos.

„Es war eine schöne Idee, dass wir hier zusammen arbeiten wollten, Troy. Aber die Dinge ändern sich, nicht wahr?“, antwortete sie traurig.

„Gib mir nur eine Chance, sie noch einmal zu ändern“, sagte er.

Sie sah ihn ernst an. „Diese Talentshow ist sehr wichtig für Sharpay. Sie ist auch für deine Zukunft wichtig, Troy. Das ist schon in Ordnung.“

Er schüttelte vehement den Kopf. Sie war völlig auf dem Holzweg! Er musste das richtig stellen. „Das mit dem Golferjob und dem Singen ... Es ging doch die ganze Zeit nur um das Stipendium."

„Hm. Nur wenn ich jetzt mit dir spreche, weiß ich gar nicht mehr, wer du bist."

Troy durchrieselte es eiskalt. „Ich bin es."

In Gabriellas Augen blitzte Zorn auf. „Der seine Freunde versetzt und andauernd Verabredungen vergisst? Wenn du das bist, gut zu wissen."

„Ich muss einfach nur noch diese Show schaffen", erklärte er kleinlaut.

„Ich weiß nur eins: Wenn du dich wie jemand benimmst, der du nicht bist, dann wirst du recht bald zu diesem jemand", sagte sie.

Troy verstummte. Tief in seinem Innern befürchtete er, sie könnte recht haben.

„Als ich gesagt habe, dass ich seit fünf Jahren keinen Sommer mehr an einem Ort verbracht habe, war das die Wahrheit", sagte sie. „Dieser Sommer soll etwas Besonderes sein, und hier ist offenbar nicht der richtige Ort dafür."

Etwas verzweifelt warf er ein: „Ich habe alles ernst gemeint, was ich gesagt habe: übers Kino, Skateboarden und Zusammensein."

„Ich bin sicher, das hast du", sagte sie gefasst. „Damals."

„Ich versuche nur, mit allem mitzuhalten."

Sie nickte. „Ich auch. Denn der Sommer passiert jetzt, und ich werde ihn auch finden. Dich sehe ich dann im September wieder."

Mühsam kämpfte sie mit den Tränen, als sie zu ihrem Spind ging, um ihn auszuräumen. Sie dachte daran, wie sehr sie sich auf diesen Sommer mit ihren neuen Freunden und mit Troy gefreut hatte. Sie wusste, dass es keinen Zweck hatte, den Job zu behalten und darauf zu hoffen, dass der Sommer sich noch so entwickeln würde wie gehofft. Nein, sie musste selbst für einen Sommer sorgen, den sie nie vergessen würde.

Als sie die Küche verließ, wartete Troy noch auf sie. Sie wusste, dass auch er seinen Weg gehen musste und war ihm nicht wirklich böse.

Ein Wagen hupte vom Parkplatz. Sie sah Troy an. „Ich muss gehen."

Als sie zum Parkplatz hinüberging, sahen ihr drei Mitschüler mit sehr unterschiedlichen Gefühlen nach. Troy war verwirrt und unglücklich. Er hatte alles falsch gemacht und keine Ahnung, wie er das wieder gut machen sollte. Taylor war böse auf Troy und traurig, weil Gabriella sie verließ. Sharpay hingegen spürte nur eine tiefe Befriedigung. Alles läuft perfekt, dachte sie.

An diesem Abend saß Troy allein in seinem Zimmer, als es an der Tür klopfte. Sein Vater kam mit einem Teller Rippchen herein.

„Sonst verputzt du die hier doch direkt vom Grill", sagte er. Er merkte, dass seinen Sohn etwas bedrückte. „Ich dachte, du bringst die Jungs zum Essen mit. Ich hab extra viele besorgt."

Troy zögerte und fragte dann: „Findest du, ich habe mich sehr verändert, Dad?"

„Na ja, du ziehst dich jedenfalls viel besser an." Aber dann wurde Mr Bolton ernst. „Was ist los?"

„Gabriella hat gekündigt, weil sie denkt, ich hänge mich viel zu sehr in die Stipendiensache. Ich trete mit Sharpay doch nur auf, weil sie mich mit all den wichtigen Leuten geködert hat. Mit den Redhawks trainiere ich zwar gern, aber doch nicht, wenn mein eigenes Team dann nicht mal mehr mit mir spielt", sprudelte Troy hervor.

„Nun mal langsam", beschwichtigte ihn sein Vater. „Troy, ich hoffe doch, du trittst bei dieser Talentshow nur auf, weil du Lust dazu hast."

Lust haben? Troy fand eher, ihm bliebe keine Wahl. „Soweit ich weiß, ist der Umgang mit Mr Evans und den anderen Ehemaligen doch wichtig für meine Zukunft", meinte er vorsichtig.

Sein Vater setzte sich zu ihm aufs Bett. „Ich hab mich da vielleicht ein bisschen hinreißen lassen, als ich von den großartigen Chancen über Kontakte mit Ehemaligen gesprochen habe", räumte er ein. Aber welches College für dich auch das richtige ist, mit Stipendium oder ohne, wir finden schon einen Weg für dich. Wir sind deine Familie und lassen dich nicht hängen, Troy."

„Ja?“ Troy spürte so etwas wie den ersten Hoffnungsschimmer, seit ... seit Sharpay sein Leben in die Hand genommen hatte.

„Kannst du drauf wetten“, bekräftigte sein Vater. „Hier kommt meine einzige Regel für die Zukunft: Wohin du auch gehst, lass nur dich selbst nicht auf dem Weg zurück.“

Troy lächelte dankbar und spürte, wie ihn eine Woge der Erleichterung überkam.

Doch als Troy am nächsten Morgen zur Arbeit kam, sah er gleich, dass eine neue Badeaufsicht am Pool war. Und in der Küche spürte er, wie unwohl sich seine Freunde in seiner Gegenwart fühlten. Es wurde bald deutlich, dass Sharpay die einzige war, die wirklich Spaß hatte.

Kelsi spielte ohne jede Leidenschaft Klavier. Ryan saß betrübt am Swimmingpool, und auch der Sonnenschein konnte ihn nicht aufheitern. Taylor fiel in der Küche auf, wie still alle waren.

Troy wartete nur darauf, dass der Tag zu Ende ging. Er wusste, dass alle Gabriella vermissten.

Aber niemand so sehr wie er!

Als schließlich Feierabend war, sprang Troy in seinen Golfcart und fuhr mitten auf eine leere Bahn. Dort holte er tief Luft, holte aus und ließ den Ball schnurgerade durch die Dämmerung sausen.

Troy sah dem Ball nach und fragte sich, was aus seinem unbeschwerten Sommer geworden war. Er dachte darüber nach, wie er anderen seine Zukunftspläne in die Hand gegeben hatte, ohne daran zu denken, was er selbst eigentlich wollte. Und dann traf er eine folgenschwere Entscheidung. Von jetzt an würde Troy Bolton den Kurs seines Lebens selbst bestimmen.

KAPITEL 13

Der nächste Morgen begann wie jeder andere im Lava Springs Countryclub. Die Clubmitglieder nahmen ihr Frühstück auf der Terrasse ein, die Golfspieler wanderten zum Golfplatz, und die Tennisspieler wärmten sich draußen auf.

Am achtzehnten Loch bereitete ein Spieler gerade einen Putt vor. Aber als er zum Schlag ausholte, zerriss ein gellender Schrei die Stille. Vor Schreck verschlug der Spieler den Ball in die völlig falsche Richtung. Einem Koch fiel das Omelett beim Wenden aus der Pfanne. Ein Parkwächter fuhr einen Wagen versehentlich direkt in ein Werbeschild für die Star-Dazzle-Talentshow.

Und auf der Bühne im Partyzelt begann Sharpay zu hyperventilieren.

„Was soll das heißen, du machst nicht in meiner Show mit?", schrie sie Troy an.

„Genau das soll es bedeuten", erklärte er ruhig.

War es möglich, dass er einfach nicht wusste, was er da sagte? „Wir singen ein *Duett,* Troy", erklärte sie vorsichtshalber. „Ein Duett bedeutet zwei Sänger. Größtenteils ich, aber egal: Duett."

Er zuckte die Achseln. „Ich gehöre zum Personal, und das Personal darf nicht in die Show."

„Du bist doch Ehrenmitglied", sagte sie.

„War", berichtigte sie Troy. „Ich werde Mr Fulton wieder um meinen alten Kellnerjob bitten. Auf dem Memo steht, bei der Party werden sämtliche Hilfskräfte gebraucht."

„Jetzt hör mal gut zu: Für dich steht heute Abend viel auf dem Spiel", sagte sie ungeduldig. „Ein ganzer Tisch voller Stipendienverteiler kommt nur, um dich zu sehen. Dank mir."

„Schade, dass sie Ryan und die Wildcats verpassen“, erwiderte Troy gleichmütig. „Das ist wirklich sehenswert.“

„Die machen mir nicht die Show kaputt!“, fauchte sie.

„Dann werde ich das auch nicht tun“, erklärte er mit fester Stimme.

„Aber deine Eltern kommen doch auch“, jammerte sie.

„Ich bediene an ihrem Tisch“, meinte er. „Die werden ganz aus dem Häuschen sein.“ Damit drehte er sich auf dem Absatz um und ging.

Kelsi hatte die ganze Szene aus einer Ecke des Raums verfolgt. Nun sah sie mit großen Augen zu, wie Troy tatsächlich ging. Und Sharpay hatte sie noch nie derartig fuchsteufelswild gesehen.

Kelsi ahnte, dass ihnen ein außergewöhnlicher Abend bevorstand.

Am Abend lag Feststimmung in der Luft, als die Clubmitglieder des Lava Springs Countryclub in feinster Abendgarderobe ins Bühnenzelt strömten. Fröhlich plaudernd ließ man sich an den festlich gedeckten Tischen zum Dinner nieder.

Hinter der Bühne versuchte Sharpay, Mr Fulton von ihrer Sicht der Dinge zu überzeugen. Doch diesmal biss sie auf Granit.

„Ich kann Mr Bolton nicht befehlen zu singen“, beharrte Mr Fulton. „Das gehört nicht zu seinen Aufgaben hier.“ Er zupfte seinen Frack zurecht und fuhr hoffnungsvoll fort: „Aber wie Sie wissen, habe ich selbst einige Bühnenerfahrung. Ich könnte das hohe C noch immer treffen, wenn man mich darum bäte. Etwa in einer Notlage ...“

„Ich brauche kein hohes C, ich brauche ein Wunder“, unterbrach sie ihn barsch. „Dreihundert Gäste sind im Anmarsch.“ Sie wandte sich um. „Und Lea sollte doch Ryan holen.“

„Hat sie“, sagte Ryan hinter ihr. „Da bin ich.“

„Gottseidank“, sagte Sharpay erleichtert. „Heiz den Vulkan auf, ‚Humu-humu‘ ist wieder im Programm.“

„Du kannst deine Ananas allein servieren“, erklärte Ryan. „Ich mach jedenfalls nicht dabei mit.“

„Was?“ Sharpay schnappte schockiert nach Luft. Hatten sich denn plötzlich alle gegen sie verschworen? „Mach schon, zieh dein Kostüm an!“

Aber er schüttelte den Kopf. „Ich hab mich an deinen Rat gehalten und es bei eBay verkauft. Du liebst es doch, im Scheinwerferlicht zu stehen. Nun gehört es dir ganz allein.“

Er machte kehrt und freute sich, ausnahmsweise einmal das letzte Wort gehabt zu haben.

Troy hängte seine Golfermontur sorgfältig verpackt in den Spind und stellte die Schlägertasche dazu. Den Schlüssel zu seinem Cart legte er aufs Regal. Dann zog er sein Namensschild von der Spindtür und knöpfte seine Kellnerjacke zu.

Als er sich umwandte, standen Chad, Zeke, Jason und Ryan vor ihm.

„Kelsi hat uns erzählt, was zwischen dir und Sharpay passiert ist“, sagte Chad.

Troy sah seine Chance zur Versöhnung mit seinen Freunden und ergriff sie: „Es tut mir leid, dass ich eure Show vermasselt habe.“

„Ja, wo uns doch das Showbusiness über alles geht", grinste Chad.

Troy lachte. „Ich weiß, ich hab mich echt blöd benommen. Ich hoffe, Ihr habt meinen Platz fürs Zwei-gegen-Zwei-Spiel noch nicht endgültig vergeben. Und Ryan, ich weiß, du hast dich für die Leute hier schwer ins Zeug gelegt, also Entschuldigung auch an dich."

Die Jungen nickten zufrieden. Mehr als eine Entschuldigung wollten sie gar nicht – und ihren alten Kumpel Troy zurück.

„Wir finden, du solltest heute Abend singen", sagte Chad.

„Was? Aber ich hab mich doch schon dagegen entschieden", antwortete Troy.

„All die Leute da draußen warten doch", lockte ihn Ryan. „Du bist sehr gut. Und ich möchte meine Schwester nicht wirklich abstürzen sehen." Er dachte kurz nach. „Glaub ich zumindest nicht." Er wandte sich an Zeke: „Übrigens, hast du deinen Dessertwagen gut versteckt? Wenn Sharpay nervös wird, dann fängt sie nämlich an zu essen."

Sharpay war in der Tat sehr nervös. Der Dessertwagen stand neben ihr in der Garderobe, und sie schob sich ein Gebäckstück nach dem anderen in den Mund, als Mr Fulton hereinkam.

„Ich möchte Ihnen nicht vorschreiben, wie Sie Ihre Show zu leiten haben, aber die ersten drei Nummern haben nicht gerade Begeisterungsstürme ausgelöst“, sagte er.

„Ich bin am Ende“, murmelte sie, den Mund voller Eclair. „Mein Leben ist vorbei! Ich war immer brav, habe nie gelogen, außer wenn es nötig war. Diese Erniedrigung verdiene ich nicht!“

Mr Fulton unterbrach ihr Selbstmitleid: „Zumindest sollten Sie jetzt auf die Bühne gehen und singen. Sonst kommt noch Mrs Hoffenpfeffer mit ihrer sprechenden Socke.“

Sharpay stöhnte auf. „Lieber Gott, vernichte mich!“

„Ich denke, ich kann noch immer eine flotte Sohle aufs Parkett legen“, verkündete Mr Fulton eifrig. „Aber Sie sollten sich jetzt einsingen.“

Er ging, und Sharpay brach vor ihrem Spiegel zusammen. Sie sah sich an: Ihre Haare waren wild durcheinander geraten, ihr Mund mit Zuckerglasur verschmiert, und ihre Miene verriet deutlich, dass sie nach den vielen Anstrengungen und Manipulationen der letzten Wochen keineswegs glücklicher war als vorher.

Auf einmal erschien Troy neben ihrem Spiegelbild. Erstaunt wandte sie sich um.

„Wie geht's mit deiner Show?“, fragte er.

„Neben meiner Show gibt der Kapitän der Titanic eine tolle Figur ab“, gab sie seufzend zu.

„Ich werde mit dir singen, Sharpay“, sagte er.

Sie starrte ihn ungläubig an. „Was?“

„Ich hab es dir versprochen, und meine Versprechen halte ich“, sagte er. „Aber weißt du noch, was du mir gesagt hast, als ich hier angefangen habe?“

Sie versuchte sich zu erinnern. „Bring mir einen Eistee?“

Er lächelte. „Denk noch mal nach. Wir ...“

„... halten alle zusammen“, erinnerte sie sich.

„Ja, genau das.“

„Tja, das tun wir wohl. Also gehen wir jetzt auf die Bühne und fegen sie von den Sitzen, Troy Bolton!“ Sharpay strahlte wieder.

Doch er hielt sie auf: „Aber nicht nur ich und du, Sharpay. Auch die anderen Wildcats. Ich trete auf, wenn die Wildcats auftreten.“ Er sah zu den angeknabberten Resten Käsekuchen und Apfeltorte hinüber. „Oder willst du lieber hier sitzen bleiben und dem Dessertwagen den Rest geben?“

Sharpay dachte an die armselige Show, die gerade über die Bühne ging. Im Spiegel sah sie ihre eigene armselige Verfassung. Sie sah Troy an.

„Ich wünschte nur, du würdest das hier für mich tun“, sagte sie und klang zum ersten Mal aufrichtig. „Du bist ein guter Kerl, Troy. Im Moment habe ich sogar das Gefühl, dass ich dich lieber mag als mich selbst.“ Erschrocken riss sie die Augen auf. „Hab ich das gerade gesagt?“

Er grinste nur und dachte – ebenfalls zum ersten Mal –, dass eine Freundschaft mit Sharpay vielleicht doch nicht so unmöglich war.

KAPITEL 14

Es sprach sich bei den Wildcats rasch herum, dass sie nun doch auftreten würden. Chad sprang in einen Cart, holte Taylor ab und raste zur Bühne. Jason und Kelsi sausten so schnell sie konnten mit Zeke im Schlepptau aus der Küche.

Ryan schnappte sich Troy im Vorbeigehen und kündete ihm knapp an: „Sharpay hat eine andere Nummer vor. Kelsi wird's dir erklären."

„Was? Aber ..." Troy war perplex. Er war ohnehin schon reichlich nervös, und nun auch noch ein ganz neuer Song?

Ryan nickte ihm aufmunternd zu. „Du kriegst das schon hin."

„Wo sind denn Chad und Taylor?", fragte Troy.

Kelsi packte Troy am Ärmel und zog ihn zum Klavier. Sie hatten jetzt keine Zeit für Fragen und Nervosität, dachte sie. Sie mussten proben und durften doch die Überrschung nicht verderben!

Während sich im Countryclub fieberhafte Hast ausbreitete, lag Gabriella ruhig zu Hause auf ihrem Bett und las.

Auf einmal stürzten Chad und Taylor in ihr Zimmer. Taylor begann sofort fieberhaft, Kleider aus Gabriellas Schrank zu ziehen.

Erschrocken setzte Gabriella sich auf. „Was soll denn ...?"

„Schrei uns im Auto an", schnitt ihr Chad das Wort ab.

Gabriella sah ihn verwirrt an. „Warum seid ihr nicht bei der Arbeit?"

Taylor grinste fröhlich und antwortete nur: „Sind wir doch."

Gabriella verzog den Mund. „Ich gehe nicht zum Countryclub zurück“, erklärte sie fest entschlossen.

„Erklär das mal besser Ryan“, sagte Taylor. „Unser Auftritt ist gleich an der Reihe, und er sagt, ohne dich geht gar nichts. Also, ich finde, er hat recht.“

Gabriellas Entschlusskraft geriet ins Wanken. Chad und Taylor sahen sich zufrieden an. Gabriella war dabei!

Auf der Bühne führte ein selbst ernannter Zauberer seine Tricks vor.

Troys Eltern sahen mit Erstaunen und etwas Befremden zu.

„Was hältst du davon?“, fragte Mr Bolton seine Frau.

„Na ja, ich hab sowas noch nie gesehen“, antwortete Mrs Bolton diplomatisch.

„Immer schön lächeln“, flüsterte er.

Sie sah skeptisch zur Bühne und meinte dann: „Das ist ja nicht so schwer.“

Sharpay war hinter der Bühne noch mit Stimmübungen beschäftigt, als Mr Fulton auf der Bühne ans Mikrofon trat.

„Und jetzt, meine Damen und Herren, darf ich Ihnen eine kleine Programmänderung ankündigen. Ich weiß selbst noch nicht genau, was wir erwarten dürfen, aber es heißt ja, nicht umsonst: Die Show muss weitergehen."

Kelsi lief auf die Bühne und setzte sich am Flügel zurecht, während in den Kulissen noch hektisches Treiben herrschte.

„Warum singen wir einen anderen Song?", fragte Troy Sharpay. „Ich weiß gar nicht, ob ich das so schnell kann."

Sie stockte und sah ihn fassungslos an: „Einen anderen Song? *Was?*"

Nun war Troy erst recht verwirrt. „Ryan hat gesagt ..."

Auf der Bühne sagte Mr Fulton in diesem Moment: „Und hier kommt unser Profigolferassistent: Troy Bolton!"

Kelsi begann zu spielen. Troy schluckte schwer, ging aber tapfer auf die Bühne hinaus und fing an zu singen.

Sharpay holte Ryan ein. „Wie soll ich das denn machen?“, fragte sie aufgelöst. „Ich kenn dieses Stück gar nicht.“

„Ich weiß“, erwiderte er nur.

Sie sah ihn einen Augenblick lang unsicher an, bevor ihr klar wurde, was da vor sich ging.

In diesem Augenblick hob sich der zweite Vorhang und enthüllte die Wildcats, die alle einen Schritt zur Seite traten, um den Blick auf Gabriella freizugeben. Gabriella schritt beschwingt nach vorn auf die Bühne und stimmte in das Duett mit Troy ein.

Da standen sie nun so, wie alles einmal angefangen hatte: Troy und Gabriella, die vor Publikum sangen und doch nur Augen füreinander hatten. Sie trugen ihr Lied schnörkellos und wunderschön vor, und am Ende war allen klar, dass dies ein Stück für zwei Menschen war, die zusammengehörten.

Als sie fertig waren, war es eine Sekunde still, dann brach von allen Seiten tosender Applaus aus. Troy umarmte Gabriella vor allen Leuten.

Sharpay machte das beste aus ihrer Lage, griff nach einem Mikrofon und kündigte Ryan und die Wildcats an. Ryan gab Kelsi ihren Einsatz, und schon hatten die Wildcats sich den ganzen Saal zur Bühne für ihre große Nummer gemacht. Sie sangen von der Freundschaft und vom Respekt füreinander.

Als die Nummer vorbei war, brach der ganze Saal in lauten Jubel aus. Eine regelrechte Party ging los, und alle feierten mit.

Mr Bolton schlug sich durch die Menge zu Troy durch und sagte: „Ich hätte schwören können, du hast gesagt, du hättest keinen Spaß hier. Dann kannst du dich aber sehr gut verstellen.“

Troy grinste breit, aber bevor er antworten konnte, erschien Sharpays Vater und sagte: „Ich habe mit dem Komitee gesprochen, und das Ergebnis ist einstimmig. Was auch immer im kommenden Halbjahr auf dem Spielfeld passiert, wir wollen Troy an der UA. Mit vollem Stipendium. Junge Menschen wie ihn wünschen wir uns auf unserem Campus."

Troys Kinnlade sackte nach unten. Das überstieg ja seine kühnsten Träume. Aber es passierte alles viel zu schnell ... Er war schlicht sprachlos.

„Troy muss all seine Möglichkeiten noch gründlich überdenken", sprang Mr Bolton ihm bei. „Es ist ja noch viel Zeit, der Sommer fängt gerade erst an."

Troy lächelte seinen Vater dankbar an. Er würde noch genug Zeit haben, über seine Zukunft nachzudenken – *nach* dem Sommer seines Lebens.

Da trat Mr Fulton mit dem Star-Dazzle-Preis auf die Bühne. „Meine Damen und Herren, gewonnen hat den Star-Dazzle-Preis in diesem Jahr natürlich ..."

Doch bevor er weitersprechen konnte, nahm ihm Sharpay das Mikrofon ab und verkündete laut: „Mr Ryan Evans!"

Sie nahm den Preis an sich und händigte ihn ihrem wie vom Donner gerührten, aber glücklich strahlenden Bruder aus. Als sie sich umdrehte, stand Zeke vor ihr und bot ihr Gebäck an.

„Schoko-Eclairs?“, quietschte sie. „Woher wusstest du, dass das meine Lieblingssorte ist?“

„Och, nur so geraten“, grinste er. „Vielleicht waren die drei, die du vor der Show verputzt hast, ein kleiner Hinweis. Nimm so viel du willst, es sind noch mehr da.“

Es wurde ein wirklich denkwürdiger Abend – und am nächsten Tag ging der Spaß noch weiter.

Der Club blieb wegen einer Personalparty geschlossen, und alle – sogar Sharpay – hatten sich am Pool versammelt, um zu feiern, zu tanzen und ein bisschen zu singen.

Später am Abend lagen die Wildcats ausgestreckt mitten auf dem Golfplatz und kosteten ihren Triumph vom Vorabend richtig aus.

„Mann, was für ’ne Party“, rief Troy.

„Ein Glück, dass wir nicht aufräumen müssen“, bemerkte Chad aus Gewohnheit.

„Ich fürchte“, wandte Taylor ein, „diesmal müssen wir das wohl.“

Gabriella lächelte verträumt. „Aber nicht vor morgen.“

Zeke nickte. „Wenn wir wieder bezahlte Arbeitnehmer sind.“

Eine kurze Pause trat ein, und dann sagte Sharpay: „Ich helfe euch.“

Alle Köpfe fuhren zu ihr herum – aber niemand war verwunderter als Sharpay selbst.

„Hab ich das gerade gesagt?“, fragte sie.

Plötzlich sprangen alle Rasensprenger an und durchnässten die Wildcats. Alle sprangen auf und liefen lachend und quietschend durchs nasse Gras.

Nur Troy und Gabriella blieben zurück und sahen sich tief in die Augen. Alles fühlte sich wieder ganz und gar richtig an. Von dem Moment hingerissen umarmten sie sich und küssten sich endlich lange und zärtlich ... noch perfekter hätte der Abend kaum enden können. Sie lächelten sich an und folgten dann ihren Freunden in die sternklare Sommernacht.